悔いなく生きるために
人生を取り戻す！

私の人生、これでいいのだ

ライフヒストリーリノベーター
根岸 幸徳

人は過去を変えられません

でも過去の意味付けを変えることはできます

過去の意味付けが変われば今と未来が変わります

プロローグ
遠い日の記憶

私が嬉しかった人生最初の記憶は、小学校低学年のときに書いた作文を叔父に褒められたことだ。

「ゆきのりくん、これはすごく良いよ！　さすが兄さんの子だな」

私は叔父の誉め言葉に有頂天になった。

父は当時文筆家を自称し、特に川柳の句読に励んでいた。父より五歳年下の叔父もまた、随筆の執筆に力を入れていた。

私もこうした父や叔父の影響を受けてか、小学校のときは本好きで、子供向けに書かれた物語や伝記ものなどをよく読んでいた。小学校の卒業文集には、将来の夢は小説家と書いていた。

私が中学に入る頃に、父は家業でやっていた仕事に失敗し、自宅を売り払って、借家住まいになった。

以後父は病弱になり、母が父に代わり勤めに出るようになって、一家の生計を支えるようになった。

それでも、父の川柳に対する情熱は変わらず句読を続けた。私は母が苦労しているのに、家にこもって川柳をやり続ける父に反感を抱くようになった。

川柳に対する見識も少しは持つようになった私は、世間を風刺や穿《うが》った見方で詠む川柳をあまり好きではなかった。

川柳だけでなく、父が書いた文章も中身の薄いものとしか私には読めなかった。

私は文章を書くことより、現実のなかで生きることを選択した。


私が教育学部の学生だった当時、七〇年代初頭の学生運動の盛り上がりは既になく、若者たちは個人主義的な傾向を強めながらも、やさしさの世代と称された時代だった。

それでも、某《なにがし》かの学生たちは、社会に目を向けながら、自分がこの現実社会でできることは何かを模索しながら生きていた。

私もそんな若者のひとりだったが、大学の講義に興味をひかれるものは少なく、ご多分にもれず授業のほうは、最小限の出席で済ませていた。

多くの学生はアルバイトに忙しかったが、私は地域社会で子供会のサークルを仲間と主宰し、直接子供たちと関わりながら「教育とは何か」「子供の育ちとは何か」というようなことを自分たちの実践の中から見出そうとしていた。

当初は学校の教員になるつもりで教育学部を志望したが、教科を中心とした学校教育には馴染めず、代わりに福祉という領域に関心をもつようになっていた。

少子・高齢化の進んだ現在とはちがい、当時社会福祉関係の業種を志望する学生はほとんどいなかった。


昭和五三年一月初め、私は大学二年の冬休みを東京の実家で過ごしていた。私は下宿しながら地方の大学に通っていたので、自宅に戻るのは、長期休みのときだけだった。

下宿先の四畳半一間のアパートは、トイレは共同で、入浴は銭湯に行った。無論テレビも無く、私は久しぶりの実家でテレビ三昧の正月を送っていた。

当時、茶の間の人気番組の一つに「太陽にほえろ!」という刑事ドラマがあった。

ドラマは一話完結で、事件が起こり、刑事たちの活躍奮闘ぶりが描かれていたが、その日は『正月の家』というタイトルでドラマのあらすじは次のようなものだった。

親がなく施設で育った十代後半のある青年はまじめに働いているのだが、何か事が起こるとすぐ自分に疑いが向けられるため、卑屈になり、周囲とのトラブルが絶えなかった。そんな彼が強盗事件に巻き込まれ、周囲から嫌疑の目を向けられるが、彼の保証人になっている福祉協会の職員だけは彼の無実を固く信じていた。その後彼の疑いは晴れ、施設出身の青少年のために福祉協会が企画した『正月の家』で仲間たちが集う場面でドラマは終わる。

何の変哲もない一つのテレビドラマだったが、私の心の奥深くになぜか鳴り響いて止まないものを残した。それが何を意味するかはそのときには分からなかった。

その年の四月、私は三年に進級し、教官のK先生の話が少し面白かった教育社会学の講義だけは比較的まじめに受講していた。

ある日、K先生が一冊の本を紹介した。その本は『絆なき者たちの放浪』というタイトルだった。

大学の教官が、自らの著作を授業で紹介することはよくあるが、テストかレポートの課題として読むよう指示されない限り、学生は本に関心を示すことはなかった。K先生も講義と直接関係ない本の内容にはほとんど触れず、興味のある人は見てくださいという程度のものだった。

この本のことが妙に気になった私はその日講義終了後、滅多に行かない大学の書籍部に足を運んだ。

『絆なき者たちの放浪』という本を手に取ってページをめくり始めて間もなく、ある箇所で私の目はくぎ付けになった。『正月の家』…このタイトルを見たとき、数カ月前に見たテレビドラマのことが私の中でぴったりと重なった。私は言い知れぬ胸の高まりを覚えて、心が揺さぶられる思いがした。無意識の内に自分が求めていた何かにぶち当たった気がした。

私は本を購入して、貪るように読んだ。

テレビドラマで描かれていた福祉協会が現実に実在することを知った。児童福祉という私にとってまったく未知の世界が、そこには展開していた。

親の離婚や虐待により家庭的に恵まれない子供たちを入所させ保護養育する児童養護施設や不良行為をなす青少年を入所させ生活指導する教護院（現在は児童自立支援施設と改称）のあることすら、当時私は知らなかった。

そして、ドラマの中で福祉協会のモデルとなった民間のある機関が、児童養護施設を退所した十五歳以上の青少年に対する自立援助の活動を専門に行っていた。

『正月の家』は、この機関が年末から年始にかけて、帰る家のない青少年のため、正月を楽しく過ごしてもらおうと毎年開催しているものだった。

私は大学四年の夏休みに東京に戻り、二カ月間毎日ボランティアとしてこの施設に通いつめた。私はまったく就職活動をせずに九月を迎えたが、卒業後はこの施設で働かせてもらおうと内心決めていた。

法人で職員募集はしていなかったが「来春大学卒業したら、ここで雇ってくれませんか」と法人の理事長に直接就職を打診したら、二つ返事で入職を承諾してくれた。

私はそれから八年、この施設で青少年たちとともに過ごした。

悔いなく生きるために人生を取り戻す！　私の人生、これでいいのだ　目次

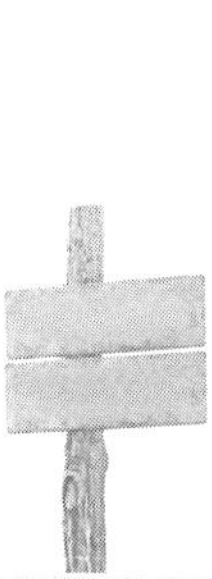

悔いなく生きるために人生を取り戻す！

私の人生、これでいいのだ

はじめに
ライフヒストリーを紡ぐ

私は、二〇一六年に還暦を迎えた。

若い頃には思ってもみなかったことだが、五五歳を過ぎた頃から自分がいつか最期を迎えるときに「私の人生、これでいいのだ」と、悔いなく言えるのだろうかと漠然と考えるようになった。

二〇歳代は青少年の自立援助施設で働き、三〇歳代は不動産の営業や学習塾の講師をやった。四〇歳からは高齢者福祉の業界で勤めてきた。五〇歳を過ぎた頃には私の転職歴は一〇回を超えていた。一所に長く落ち着くことができない私の性向は年齢を重ねてもまったく変わらなかった。

自分の過去を振り返ると「特に不満はないが、そこそこの人生」というのが実感だ。そして「このまま終わるのは少し心残りだな」と思った。自分がこの世を去るとき「私の人生、これでよかった」と言い切って逝きたいと考えるようになった。

少し前の話だが、二〇一五年初頭、『流星ワゴン』というテレビドラマが放映され話題になった。直木賞作家重松清の同名小説をドラマ化したもので、当時ご覧になった方もいるだろう。小説の主人公である三〇代後半の男の家庭は崩壊寸前。会社からリストラされ、一人息子は学校でいじめにあい、家では家庭内暴力。妻からは離婚届を突き付けられ、男は漠然と死を考えていた。

そんな男の前に、一台のワゴン車が止まった。ワゴン車に乗っていたのは既に交通事故で亡くなっている親子だった。

幽霊が運転するワゴン車は過去と現在とを自由に往来して、男を人生の分岐点にタイムスリップさせる。

男が過去に戻ると、現在病床にある余命いくばくもない父親が男と同年代の姿で登場し、共に行動したりするという荒唐無稽な物語にもかかわらず、ベストセラーになった。

物語のテーマは「人生の分岐点に戻って過去をやり直す」というものだが、結局のところ過去を変えても現在は変わらない。男は時空を越えて、苦しみながらも今まで避けてきた現実に目を向け、毅然と家族の問題に立ち向かう。過去から現在に戻った男は「僕はここから始めるしかない」と、その現実をしっかりと認識し新たに生きていこうとする。

この現実にはありえない過去をやり直す物語に共感を覚えるのは私だけではないだろう。この物語は、過去を振り返るが、結局今の自分が変わらなければ何も変わらないことを示唆している。

過去は変えられないし、過去をやり直すこともできない。

物語の主人公同様、私も今まで漠然と生きてきた現実に少しずつ目を向けるようになった。自分は「なぜそこそこの人生を送ってきたとしか感じないのか」その思いについて考えた。一〇回を超える転職理由は一所に落ち着かない私の性向だけではないことに気づく。自分が職場の仕事を悔いなくやり切って辞めたのはこのうち数ヵ所しかない。あとは職場の人間関係のつまずきが原因だ。

「自分にはこの仕事が合っていない、自分はもっとやりたいことがある」と言って辞める人の本当の理由は、職場の人間関係であることが少なくない。

私も人間関係に悩んで辞めたのが半数以上だった。

私は人と対立するのが苦手で、人と争うことを好まなかった。他人の評価を気にし、八方美人的な生き方をずっとしてきた。まわりに敵はつくらなかった反面、物事をはっきり決められずに他人の意見に従う優柔不断なところがあった。

私の最も苦手なタイプが、私と真逆な物をはっきりと言う自信家で押しも強い独善的な人だ。相手は意識してなくても、私はどうもこのタイプとは対等な関係にならず、上司・同僚を問わず支配・被支配的な関係になりやすい。その結果、私はストレスを感じて、その苦手なタイプから逃げるように、その度ごとに職場を辞めてきた。

自信家で独善的な人は世の中どこにでもいるが、自身の弱さからくる中途半端なこの性向である限り、自分がやりたいことがあっても結局出来ないだろうと薄々は自覚していた。

私のなかにある「弱さ」を変えなければ、私は今後もそこそこの人生を送り、最期を迎えるのは明らかだった。

自分の弱さの壁を克服することが私のテーマであることを認識できたものの、どうしたらその壁を乗り超えることができるかは皆目見当が付かなかった。

ただ私は決めた。

『私は五六歳から変わる』という単なる思い込みだったが、とにかく私のなかで《決めた》。

私は五六歳になった春、周囲の反対を押し切り一二回目の転職をした。

この職場は人の紹介で管理者として就任したが、今回私の壁になったのは二〇歳近く年下の青年だった。彼は私が入る前まで部署を一人で切り盛りしてきた自負と自信があり、私の部下になった後も自分のやり方を押し通す意思の強さと実行力を持っていた。

就任当初は彼も私に気を遣っていたが、慣れてくると自分のやり方で仕事を進めるようになり、私は彼のやり方に疑問があっても、注意指導することができなかった。

私は今までと同じようにストレスを感じるようになったが、部署のスタッフの間でも彼の強引なやり方に批判が出るようになった。私と彼のどちらが管理者だか分からないと言われるまでになった。

私は悩んだ末、若い彼を管理者に昇格させ、私は一般職に退くことを提案した。私はまた内なる壁から逃げる選択をしたのだった。

しかし､部署内では彼が管理者になるのには反対で､私に続けてほしいという意見が多かった。私は部下たちの強い思いに背中を押されて、彼と対峙することになった。

私はそれまで、人を意識的に傷つけたり、人の気持ちを踏みにじるような言動をしたことは一度もなかった。

私は彼を呼び出し、これまでの彼のやり方について、真っ向から否定した。チームワークが優先されるケアの業務において、これを統括する立場である私が、言うべきことを言わねばならないという覚悟を持って、強い口調でのぞんだ。人の気持ちを思いやることなく、独善的なふるまいをする者に対して、真正面から当たることに、ひるむべきではないと決意して、彼に向き合った。

彼は言い訳することなく、私の言うことを黙って聞いていた。

結果として私は彼を完膚なきまでに糾弾し、彼の自信やプライドまでもすべて打ち砕くことになってしまった。しかし、相手の顔色を気にして自分が正しいと思う信念を貫けなかった自分にとって、この一刻は逃すことのできない、不退転の一刻であり、私ができる最善だった。

それからじきに、彼は職場を退職した。

彼は私の生涯でただ一人、絶交した相手で、今後も相まみえることはないだろうが、私の内なる壁を乗り超えさせてくれるきっかけを作ってくれた彼に、今は感謝している。

私はこの一件以来、他人の評価を気にせず、自分の思ったことははっきり言うことができる人間に変わった。そして、独善的で強圧的なタイプの人を怖れることもまったくなくなった。

『流星ワゴン』の主人公が今まで逃げてきた現実に目を向けそこから始めたように、私も長い間逃げてきた内なる自分の弱さを直視し何とか克服することができた。

私は「そこそこの人生を送ってきた自分」に決別し、ほんとうにやりたいことのできる自分としてスタートラインに立った。

私は自分の『人生を再構築した』のだ。

私の人生の壁は、他人への怖れと他人の評価に縛られていた人間関係だった。きっとこの社会には、十人いれば十通りの「何かに縛られてやりたいことのできない人生の悩み」を持つ人たちがいるだろう。そして十通りの「人生の再構築」があるに違いない。それには、私がそうだったように、各自がこれまで生きてきた過程での経験や体験が鍵になる。

そこで、私はその人の過去を振り返り、個別の人生に意味付けをし、その人がその人なりの人生の価値を再構築できるようにすることに思い至った。

「私の人生、これでいいのだ」と最期を迎えられるように、私は五七歳で『ライフヒストリーリノベーター』として活動し始めた。

ライフヒストリーリノベーターは、その人なりの人生の価値を再構築するコーディネーターすなわち《人生の再構築請負人》という意味で私が創った造語である。

「ライフヒストリー」は「生活史」あるいは「個人史」と呼ばれることもある。単純にいうと「個人が過去の生活や一生について話した記録をもとに、何かを明らかにする」という意味の言葉で社会学や人類学等、主に学問の用語として使われている。私は、ライフヒストリーを「個人が生きてきた過程」あるいは「過去に経験してきたこと」という意味で使用している。

「ライフヒストリーを紡ぐ」とは、個別の人生を振り返り、一人ひとり異なる人生に固有の意味付けをすることである。

人は、個々の家庭に生まれ、さまざまな環境に育ち、多くの人たちに関わり、経験をしながら齢を重ねていく。

その人が生きてきた過程で、その人固有の考え方や生き方が形成される。

過去の中に、その人の生き様すべてが内包されている。

私は『わたしの人生、これでいいのだ！』と言い切れる人生をこれからは生きたいと思った。

そして『あなたの人生、それでいいのだ！』を私に縁する人たちに伝え、その人たちがほんとうにやりたいことのできる自分を見出すための「人生の再構築～ライフヒストリーリノベーション」を手助けしたいと思った。それにはまず、私がそうだったように、「ライフヒストリーを紡ぐ」ことが第一歩となる。

実際に「ライフヒストリーを紡ぐ」とは何か。

数年前から、人生の節目の写真を一冊の本にまとめる『自分史フォトブック』が注目されている。

結婚式や子供の誕生、還暦祝いなどの写真を古い順に並べ、言葉も添える。文章で記す『自分史』より、手軽に作れるのが特徴だ。

『自分史フォトブック』のほか、私たちは日常的に「ライフヒストリーを紡ぐ」ことを結構やっている。

『結婚式のプロフィールビデオ』

これは、結婚式で定番となっている新郎新婦の誕生から現在までの写真をムービーにしたもの。同様に、親が子供の成長記録をビデオカメラに収めたものなどがある。

『タイムライン』

ＳＮＳの普及でフェイスブックを利用している人は多い。

自分についてのあらゆる情報をフェイスブック上にアップしていくタイムラインは、まさにリアルタイムでライフヒストリーを紡いでいるといえよう。


『ライフヒストリームービー』

いまはスマートフォンでの動画作成が誰でも簡単にできるようになった。

旧い写真でもデータ化した思い出の写真をつなぎ合わせて、ムービーメーカー等のＰＣソフトを使い、動画にすることもできる。

私はこの思い出の動画を「ライフヒストリームービー」と呼んでいる。


『傾聴ボランティア』

自分自身や身近な人のライフヒストリーを紡ぐのが一般的だが、他人のライフヒストリーを紡ぐ場合もある。

高齢者施設でお年寄りの話を聞く「傾聴ボランティア」がある。その話している内容の多くは自身の過去の話だ。自分の話を聴いてくれる人がいれば、他人にでもライフヒストリーを語り、紡ぐことができる。

『終活』

最近「終活」という言葉をマスメディアでもよく耳にするようになった。

終活とは「人生の終わりのための活動」の略で、人が人生の最期を迎えるにあたって行うべきことを総括したものだ。

相続財産に関する遺言書作成やエンディングノートを書いて延命治療や埋葬の仕方に関する意思表示をすること等であるが、生前整理を兼ねた「メルカリ終活セミナー」なるものは大盛況だという。

超高齢社会において、特におひとり様世帯が急増するなか、終活全般に対するニーズは今後ますます増えていくだろう。

『生きた証し』

自分の生きた証しを残す、自分史を記すのは一般的になってきていて、自分史制作セミナーや編集のプロによる自分史作成代行サービスも徐々に広まっている。同様に、かなりマイナーだが、生前葬は人生の振り返りと意味付けを行うものだ。

『ファミリーヒストリー』

各界で活躍する人々の家族の歴史を本人に代わって取材し、父母や先祖がいかに生き抜いて来たかを、視聴する本人の感想で構成しているＮＨＫのドキュメント番組。

家族のライフヒストリーを紡ぎ、自らのルーツや家族の絆を見つめるものだが、最近個人のルーツを歴史的に調査して文章にまとめてくれる有料サービスもある。

本書は、私が出会った人たちの人生を、ライフヒストリーリノベーターとして紡いだ珠玉のライフヒストリーであり、人生を再構築する際の大きなヒントとなる。

本書の内容および登場人物はすべて事実に基づくものであるが、登場人物および団体のプライバシーに配慮し、私以外の固有名詞は、一部の著名な人物を除き、すべて仮名にし、若干の脚色を加えている。

第一章　生きてりゃいいさ

――ライフヒストリーを紡ぐ集い――

ライフヒストリーの中には人を勇気づけたり、価値ある気づきを与えてくれるものがある。

『ライフヒストリーを紡ぐ集い』では、意義あるライフヒストリーをゲストスピーカーに語ってもらい、その内容を参加者が共有しながらシェアしている。

私が集いを立ち上げた理由は三つある。

一つ目は、ごく普通の人が自身の過去を振り返って語り、それを聴く人がいるという場を作ることだ。

著名人の人生講話や成功者のサクセスストーリーを見聞きすることはあるが、一般の人が自身について語る機会はほとんどない。

他人の話を聴くことから自分の人生を振り返れるし、自分の生き方を見つめ直して、自身の枠を拡げていくこともできる。

二つ目は、人は過去を大事にし、過去を語ることで未来に対する希望を見出すことができる。

過去の自分を語ることは整理の作業であり、過去を肯定的に解釈することで、今を大切に生きることができるようになり、未来にも希望を持つことができる。

三つ目は、ライフヒストリーを紡ぐことで自分や身近な人の人生のすべてを承認することができる。

人は自分を肯定し、他人をゆるし、認めることで、幸福を感じることができる。

二〇一三年に集いを立ち上げて以来、美容師・保育士・歯科医・教員・主婦等、さまざまな職種の皆さんにゲストスピーカーとして参加いただいている。

集いでゲストスピーカーが語ってくれたライフヒストリーから紹介する。

一　馬の骨の神頼み　――市川直人さんのライフヒストリー

市川直人さんは、昭和五一年生まれ。歯科医である。

現在は一〇年前に開設した歯科医院の院長として順風満帆な日々を送っているが、中学時代はどん底の日々だったと振り返る。

市川さんは一〇代半ばに二度自殺を考え、実際それを実行するところまでいった。

市川さんはある地方都市で薬剤師の長男として生まれたが、中学校に入学するときに転機が訪れた。

中学の始業式の三日前に市川さんは母に呼ばれた。

「直人、早く荷造りしなさい。あなたは○○県の××中学校に行くのよ」

「××中学…？　母さん、僕は△△中学に行くんじゃないの…」

地元の△△中学に進学すると思っていた市川さんにとって晴天の霹靂《へきれき》だった。

確かに県外の××中学を受験させられていたが、両親は初めから全寮制の男子校である××中学に行かせる考えだった。

それから二日後、一二歳の市川少年は両親や兄弟のもとを離れ、単身見ず知らずの土地で同級生と四人部屋の共同生活が始まった。

もともと内向的で小学生のときから読書好きだった市川さんは、他人と話すのが大の苦手だった。


学校と寮の行き来しかない閉ざされた環境の中で誰とも話すことなく日々を送るうちに、いじめを受けるようになった。

学校の廊下で、同級生とすれ違うときに、

「あいつ、暗いよな。変わっているよな」と、いつも言われているような気がした。

朝「おはよう」の挨拶ができないのだ。挨拶をしようと思っても言葉にならない。

同級生と言葉を交わすことが出来なくなった市川さんは孤立し、逃げ場のない環境の中で徐々に追いつめられていった。

「もうどうでもいいや」

自暴自棄になっていた彼は首を吊るロープをロッカーの中に用意して、いつ実行するかのタイミングをはかっていた。

そんなとき目に止まったのが、手塚治虫『火の鳥』の一節だった。

『どんな馬の骨でも生きていていい』という言葉に引っかかった。

「俺は馬の骨か…。今は馬の骨以下かもしれないな」

一旦は自殺を思い止まったものの、状況は簡単に変わるものではなかった。

二回目はロープを吊るす場所まで決めた。

寮の風呂場に適当な場所を見つけ、明日の晩に決行しようと思った。

翌日学校をずる休みした彼は、寮の自室で独り悶々としていた。

何とはなしにラジオのスイッチを入れると、電話人生相談が耳に入ってきた。

「僕はいじめにあって、どうしようもなくて死のうと思ってます」という投稿者の相談に、

ＤＪがさりげなく応えた。

「一つ聴くけど、あなたは今、幸せになりたいと思う？」

「それは幸せになりたいと思いますよ。でもどうしたらいいか分からなくて…」

投稿者の戸惑うようなか細い声に、ＤＪはさらりと言った。

「いやいや大丈夫。あなた、幸せになりたいと思っているなら自殺しなくていいよ。だって、あなた本当に絶望してないから。あなたには可能性があるんだよ」


「幸せになりたい人は、死ぬような人じゃない」

ＤＪの言葉は、死の淵にあった彼にとって一筋の光となった。

『やっぱ、俺も幸せになりたいわ！　そうか、俺もまだ絶望してないわ』

その気づきから市川さんは、それまで何もないと思っていた八方塞がりのどん底から少しだけ浮かび上がった。

それでも「頑張ってもダメかもしれないな」という自信のない気持ちは容易に変わるものではなかった。


市川さんが最後にしたのは神頼みだった。

ある日彼は、頭から布団をかぶったまま手を合わせて祈った。

「神様。神様が本当にいるなら、俺を生き延びさせてくれるなら、俺を幸せにしてくれるなら、俺は必ず世の中の役に立つことをするから」

市川さんは目には見えない何ものかに願った。

『神様にお願いしたので、大丈夫！』

不思議な安心感に満たされた。


そこから少しずつ変わっていった。

まずは挨拶から始めた。

初めは同級生の反応も冷ややかだったが、話せる友人も一人ずつ増えていき、中学校を卒業する頃には普通に話せるようになった。


その後、市川さんは歯科医を志し、五年間勤務医として従事した後、三二歳で独立開業した。

現在市川さんは、スタッフ一〇名を超える歯科医院長として、児童・高齢者・障がい者にも貢献する地域医療を展開している。

彼は神様と約束したとおり、世の中の役に立つ人になった。

市川さんは言う。

「精神的にどん底であっても、生き延びたい、幸せになりたいと神頼みしたのは、自らの願望だったのでしょう。できないという思いからやってみるという思いに変わり、実際にやってみた。そこからすべてが始まったんですよ」

二　時空を超えた巡り合わせ

──平田篤子さんのライフヒストリー

私と平田篤子さんの出会いは、奇跡ともいえる巡り合わせがあった。

二〇一四年一一月、今も□□県に健在な夫婦の自宅を学生時代のサークル仲間とともに訪ねた。

今から四〇年以上前、貧乏学生だった私たちにタダ飯を食わしてくれる食堂を営んでいたのが文倉幹雄さん、恒子さん夫婦だった。夫婦は家業で食堂を営む傍ら、難病で障がいを持った長男のため自宅を開放して子ども文庫をやっていた。当時私たちは定期的に子ども文庫を訪ね、文庫にやって来る子供たちと一緒に遊ぶボランティアサークル活動をやっていた。

長男が他界してから久しいが、しばらくぶりに訪問した私たちを支倉さん夫婦は快く迎えてくれた。

七六歳になる妻の恒子さんが言った。

「根岸さん、今どこに勤めているの？」

「都内台東区の昔、日雇い労働者の街だった山谷の近くにある事業所で働いています」

そのとき恒子さんが言った言葉を聞いた瞬間、私は鳥肌が立った。

「私、子供の頃その街に住んでいたのよ、〇〇公園の近くに実家があったのよ」

「おばさん、ウソでしょ！　だって僕が今働いている所、〇〇公園のすぐ近くですよ!!」

私は思わず恒子さんの腕を取って握り締めていた。

この偶然の巡り合わせが、私にとって時空を超えた必然であることを後から思い知らされることになる。

二〇一五年六月、私はソーシャルワーカーとして以前から関心のあった簡易宿泊所の話を聞くため山谷にある施設を訪ねた。

東京都台東区の旧山谷地区は、一九六〇〜七〇年代、日本の高度成長期に日雇い労働者が長期滞在する簡易宿泊施設が多く軒を並べ、大阪・釜ヶ崎、横浜・寿町とともに日本三大ドヤ街（日雇い労働者の滞在する場所、寄せ場とも言う）として知られた。六〇年代末には漫画『あしたのジョー』やフォーク歌手岡林信康の『山谷ブルース』の舞台ともなった。

以前存在した浅草山谷という地名は現在なくなったが、近年は、格安ホテルが立ち並ぶ街として、来日するバックパッカー（外国人旅行者）による需要が増加している。一方、簡易宿泊施設に今も滞在する元・日雇い労働者も多く、そのほとんどが高齢化し、就労できずに生活保護を受給している。

この簡易宿泊旅館の代表として施設の切り盛りをしているのが、平田篤子さんだった。平田さんは私と同年齢で、私が山谷から遠くない浅草小学校に通学していたこともあって、初対面だったが旧知の友人のように話がはずんだ。

ずいぶん長い閒話をした後、ふと私の脳裏に浮かんだことがあった。

「そういえば、このあたりに水野さんというお宅はありませんでしたか?」

水野は文倉恒子さんの旧姓で、もしかしたら知っているかもしれないと思ったのだ。唐突な私の質問に平田さんは一瞬戸惑うような表情をみせたが、

「姉さん、昔うちの隣に住んでいたの、水野さんだったわよね」と隣室に居る姉に声をかけた。

すると、姉は応えた。

「そうだよ。水野さんちの恒子ちゃん、私の中学の先輩だもの」

まさか隣人だったとは!!

私は全身震えが止まらない衝撃を受けた。

何という不思議な巡り会わせなのだろうか。

時代も場所もまったく異なる環境で暮らしてきた人たちが半世紀以上の時を経てあらたにつながる奇跡。

そして、私がその仲介になっているという実感。

もともと私が転職してこの地に来なかったなら起こらなかったことだ。

特に望んで就職したわけではなく、『五六歳から変わる』という思い込みがあっただけで、職場は知人の紹介で決めたものだった。だから私はライフヒストリーを紡ぐためにこの地に導かれてきたともいえる。そうでなければ、確率的にほとんど起こり得ることのないこの偶然の巡り会わせはあり得ないことだ。

私はこの出会いを偶然ではなく、必然だったと確信する。

何かに導かれながら必然に出会った平田篤子さんのライフヒストリーを、私は紡ぐことになる。

——幼い日の記憶

平田篤子さんは、昭和三一年に山谷で簡易宿泊旅館を営む家に生まれた。

篤子さんは小学校低学年の頃、「私はどうして、この親のもとに生まれてきたのか」とか「なんで私はこの山谷の町に生まれてきたのだろうとか」と考える瞬間《とき》があった。

そのきっかけになったのが、小学校のときに、吉野通りを挟んで、今は廃校になった田中小学校に通っていると、田中町（現在の台東区日本堤）に住む父兄は自分の子が、明治通りの泪橋の交差点を越えてこちら（篤子さんの実家がある山谷地区）に来ることを、あまりよく思っていなかったことに気づいたからだ。

そんなときに篤子さんは、「私のどこがいけないの」と、何か差別されている感じがした。「私というパーソナリティーを見てではなくて、住んでる所で違いがあるんだなあ」と思うと、「自分の評価って何なんだろう」と、篤子さんは子どもながらにいつも疑問に思っていた。

篤子さんが成人して、「自分の生まれてきた意味は何だろう」とあらためて考え始めたとき、子どもの頃に思っていたことにたどり着く。

篤子さんが生まれ育った昭和三〇年代、浅草寺の境内には、筵《むしろ》を敷いて、白装束で片腕や片足を失くした元軍人たちがハーモニカを吹いたり、アコーディオンを弾きながら、行き交う人に物乞いをしていた。

1955年の浅草寺沿道

浅草のお祭りに遊びに行ったとき、あの人たちは戦争に行って怪我をして手足を失った「傷痍《しょうい》軍人」というのだと、姉が教えてくれた。

地面にブリキの空き缶を置いて、一曲弾いてお金を入れてもらう傷痍軍人の前を通るときに、篤子さんは胸が張り裂ける思いがして辛かった。

「小学校に上がるか上がらないかの私になんでこのおじ

1954年の浅草界隈
（上）浅草国際劇場
（下）浅草六区

さんは諂《へつら》うように頭を下げているの？　おじさん、そんなことしなくていいの」

おじさんの手がないのが気の毒で、どうしようもなくて、いたたまれない気持ちになった。

一緒にいた姉に「帰りの都電のお金はいらないから、このおじさんたちにお金をあげてもいい？」と言って、電車賃を缶に入れて、帰りは歩いて家まで帰った。


大人の姉たちは「あの人たちは、戦争に行って犠牲になった人ばかりではなくて、交通事故とかで手足を失っている人もいるのだから、そんなに純粋じゃないのだから」と言った。

しかし篤子さんは、子供心に人間が人間として、通りで頭を下げて、物乞いをすること自体がとても辛くて、悲しかった。

その後、篤子さんは心の中でずっと引っかかっていた幼い日の記憶が原点になって「人間の価値って何なんだろう」というテーマを抱えながら、人生を歩むことになった。

——一九歳の衝撃

篤子さんは一九歳のときに、自分が父母と思ってきたのが実はおじいちゃん、おばあちゃんで、本当の父は自分が「あんちゃん」と呼んでいた長兄だったということがわかるまでは、何不自由なく極楽とんぼで暮らしていた。

昭和五〇年、篤子さんが高校を卒業して就職活動するときに、航空会社のグランドホステスに応募すると言ったら、家族皆が反対した。

それまで何でも好きなことを自由にさせてくれたのに、おかしいなと思った。就職の応募書類に戸籍謄本を提出するので、いよいよ篤子さんの出生について話さなければいけないということになり、家族会議が開かれた。嫁いだ姉も兄も集まって「篤子に話がある」と言われた。欠席裁判されるみたいに、何なんだろうと思っていると「実は、おまえに隠していることがあった」と。

「おまえは、あんちゃんと言ってるけど、実はそのあんちゃんの本当は子どもなんだ」と言われた瞬間、「えっ」と言って、自分の耳を疑ったのと同時に、テレビドラマみたいにガラガラという音が耳の奥で反響しながら、頭の上を言葉の束が飛んでいくみたいな衝撃だった。

「えー」って言って、何回も聞き直していくうちに、「ふーん」と言ったきり、しゃべれなくなった。

篤子さんの実家である井上家は家長の井上善蔵さんのもと、長兄の誠さんから末娘の篤子さんまで六人の子どもがいた。

長男の誠さんが結婚して、誕生したのが篤子さんで、井上家の初孫だった。

しかし、誠さんは精神的に患い、篤子さんが産まれてから間もなく離婚した。

善蔵さんは息子の誠さんが元気になって再婚したときに、〝こぶ〟がいると継母にいじめられるからと、篤子さんを自分たちの養女にした。

善蔵さん自身も先妻が胃がんで亡くなった後に、先妻の妹と再婚していた。

善蔵さんと後妻さんとの間には男子ができたが、篤子さんを母として育ててくれたのも、その後妻さんだった。

篤子さんは自分の生い立ちがわかったとき、家族みんなに当たり散らした。

「誠お父ちゃんが、私をずっと娘としてやっていたら、精神の病気がそんなにこじれなかったんじゃないの。それを妹にしなきゃいけない苦悩っていうのは、みんなは考えたことがあるの」と。

「いくら病気でも、これが私のお父ちゃんなら、私はずっとお父ちゃん、お父ちゃんって言って呼んでいたよって。お父ちゃんも、娘だっていうことで、私を支えにしていただろうけど、私がいつもお父ちゃんって呼ばないで、あんちゃんって呼んでいた。その辛さを考えたときに病気ももっと悪くなっていたんじゃないのって思ったら、もう家族みんなが信じられなかった」

明治の生まれの善蔵父さんの勝手なご都合主義で、将棋の駒のように子どもたちを動かしてきたやり方に猛烈に反発した。

夢と希望に溢れていた一九歳の篤子さんの気持ちは一転した。

もともと篤子さんが社会人になるときに、父の善蔵さんは自分のレールに敷こうと思っていた。

善蔵さんは、商売人の娘だから商業高校を出て、読み書きそろばんができて、取引していた銀行員の誰かと結婚してくれれば、金融機関にコネができるから商売は安泰だと考えていた。

父に反発していた篤子さんは、二〇歳になると、自分で就職先を決め東京プリンスホテルで働くことになった。

そのとき父に「おまえだけ社会人になって外に出て働くんだな。今までは親と一緒にみんな商売の中で働いて、兄も姉も盛り立ててきたけれど、おまえは他人の釜の飯を食べるんだな。外貨を稼いでくるんだな」と言われた。

家族に裏切られた思い、大人の世界のずるさ、勝手に戸籍をいじられ汚されたという事実に打ちのめされていた篤子さんは、

「私は、もううちの家族なんてぐちゃぐちゃで何だかわからない。もう誰も信じられない。とにかく三〇歳までは好きなようにさせてくれ」と宣言した。

父の善蔵さんが亡くなったときに、篤子さんはその頃の話を聞いて驚いた。

当時町会の相談役をやりながら地域の顔利きだった善蔵さんは、篤子さんのことを近所に自慢して歩いていた。

「うちの篤子はプリンスホテルで働いていて、この前、皇太子さまと美智子さまが来ていた。うちの家族で皇室の近くに行ったのは、篤子しかいない」とか、

「今日は福田総理が選挙の会で来ていた」

と、近所の人たちとお茶を飲みながら嬉しそうに話していた。

父の誇らしげに語る姿が少し懐かしく篤子さんの目に浮かんだ。

――父の思い出

篤子さんは、養女として祖父母に育てられたが、自分の生い立ちがわかったときに、実の父親が病弱で、将来病弱な父の世話をしなければならないと思った。

実父の井上誠さんはもともと神経症だったが、離婚をきっかけに病状が進行した。誠さんは、実娘の篤子さんが物心つく前から入退院を繰り返していた。

篤子さんが三、四歳のときに、一番上の兄だと思っていた誠さんを見舞いに行った。病院でその兄を見たとき、すごく不憫に思ったと記憶している。「同じ家族なのに、なんで鉄格子のある、こんな暗い病院にいるのだろう」と。

私が会いに行ったときに、兄は私を娘だと分かっていたのか、私のことを娘とすらわからなくなっている精神状態だったのか。

そのときに、「気の毒、かわいそう、寂しい、辛い、この疎外感は何だろう」と思った。後から気付いたことだが、路上で物乞いをしていた傷痍軍人に対する気持ちと一緒だった。

数少ない実父とのエピソードに、篤子さんが小学校四年生のときに路上で遊んでいて、自転車とぶつかり、怪我をしたことがあった。

自転車の前輪に付いている金具が折れて、耳の下に突き刺さった。「痛い」と泣きながら、血を流して帰ってきたときに、血だらけの私の姿を見た姉は卒倒してしまったが、そのとき、いつも無表情でぼけっとしていた兄が、私が泣いているのを玄関まで来て、「篤子どうした」と言ったときの瞬間を覚えている。

今思えば、あれはまさしく父の顔だったし、父の声でもあった。

すぐに病院に連れていかれて、麻酔を打って、縫合したけれど、そのときの顔は病人の兄ではなく、怪我した娘を気遣う紛れもない父親の表情だった。

もう一つの思い出は、私が高校三年のときに、いつも西新井大師まで散歩に行っている父が、いつになく帰りが遅く、母も心配して「あんちゃんが帰って来ないんだよね、もう帰ってきてもいい時間なのに」と言った。

私は胸騒ぎを感じて、歩いて西新井のほうへ向かった。

そのうち雲が怪しくなってきて、雹《ひょう》が降ってきた。買ってもらったばかりのレインコートに氷の跡が付いたのも気にならず歩いていた。

私が歩いて千住大橋を渡っていくのとすれ違いに、父は別の橋を渡って戻ってきた。

その頃は携帯電話もないし、どうしようと思って、途中で公衆電話で連絡したら「あんちゃん、今帰ってきたよ」と母が言った。

本当に安堵して、帰る道すがら、あの胸騒ぎは何なんだろうかと、思っていた。

それはもう理屈ではなく父と娘の関係性の中での胸騒ぎだったと今は思う。


篤子さんの祖父で養父の善蔵さんは昭和五六年に亡くなり、後妻の養母も昭和六二年の春に亡くなった。

その頃父の誠さんは結核になり、八王子の精神科がある病院に入院していたが、病状も回復して退院した。

退院後は精神面でも改善されて、元気になっていた。

私は父の世話をしながら、父の余生に寄り添って生きていきたいと思っていた。その頃、三〇歳を過ぎていたが、父のことを理解してくれる人なら結婚できるけれど、そうでなかったら、結婚はできないなあと思っていた。

父と普通の生活を送れる日々を持たずに、父を亡くしてしまったならば、自分は一生後悔すると思った。

そんなときに今の主人の平田さんに出会った。

その頃流行っていたトレンディドラマのように、ある日突然、お互い三十路を過ぎた幼なじみが、通勤電車の中でばったり会って驚きながらも「今何してる?」と聞いたら「働いてる」と。

「あんたは何してる?」と言ったら「俺だって働いてるよ」と。

お互い同じ時代を生きてきて、恋愛も失恋もして、別れて、今はお互いフリーだった。

母が亡くなったことを平田さんの母は知っていて、「落ち込んでいる篤子ちゃんをあんた少しは慰めてあげなよ」と言ってくれたのがきっかけで「篤子ちゃん元気出しなよ、ディズニーランドに連れて行ってあげるから」と、初めてデートした。

幼なじみだから全然気負いがなくて、こんな楽な人いないいなあと思った。

ディズニーランドで久々に羽目を外して「私、久々だわね、こんな大声出して笑ったの」と。

そのあと、自分の出生のこともすべて話した。

平田さんと付き合っているときも、

「私は父の病気がよくなったときに、私の手料理を食べさせてあげて、父に少しでも幸せな時間を持たせてあげたい」と、ずっと言い続けていた。

父が病院から外泊で帰ってきたとき、お風呂で背中を流してあげると、父は正常に戻っていた。

「ああ、なんて俺は幸せなんだ、世界一の幸せもんだよな。こんな贅沢できて」と、言った。

「なんで」と、聞いたら、

「だって、娘にこんなふうに背中を流してもらって。こんな幸せなことはないよ」と。

まだそのときは照れがあったから、「お父さん」と言えなくて、「まだ、あんちゃん、そんなこと言ってるの、あんちゃんの幸せはこんなちっちゃいの？　もっともっと幸せになっていいから、取り返そうね。私お手伝いするから、二人一緒に幸せな時間をいっぱい作ろうね」と言ったら、

「うーん」と嬉しそうに頷いた。

父がお正月に帰ってきて、一緒に過ごして、いよいよ戻るときに付き合っていた平田さん

が、八王子の病院まで送ってくれた。

帰り際に、八王子の駅ビルの中華料理店に入った。

父はラーメン好きだったので「片栗が入ったラーメン食べたい」と言った。

三人で五目そばを食べて、帰り際に平田さんがトイレに行った。

二人になると父が「いい青年だね」と言った。

「そう、いい？」、「うん、いいよ」って。

「あの人ね、幼稚園からの同級生なんだ。小学校も中学校も一緒。頭の出来も、みんな知ってるよ」と言ったら、父が笑っていた。

「ああ、なんて普通の父と娘の会話なんだろう」と思って、すごくそのとき幸せだった。

そして、神様が縁をくださった平田さんと所帯を持った。


父が入院する病院に面会に行くと、患者さんたちは自分に会いに来たと思って、篤子さんの所に寄ってきた。

当時、精神病で病んだ人は姥捨て山みたいな状態で、家族が面会に来ることは、ほとんどなかった。

父にお菓子を差し入れるとみんなが欲しがったので、五〇個分のお菓子をアメ横で買って持って行った。

「これを皆さんにあげてください」と看護師さんに言うと、

「井上さん、みんなわからないし、お礼も言わないですよ」と。

「私は、お礼を言ってほしくて持ってきたんじゃないんです。彼らは私が来たときに、自分の家族が来たと思っているんです。その思いに少しでも応えてあげたいんです。父だけではないんです。ここにいる人がほんの少しでも幸せになってほしいだけなんです」と、応えた。


昭和六三年の新年が明けて、外泊から病院に戻ったときに、

「また来月私、面会に来るからね、今度は立春だね」と話した。

「うん、そうだね」と、父のほうから握手してきた。

一月四日、雲一つない真っ青な空だった。


そして、二月四日に父は突然亡くなった。

朝食のときにバナナを食べて、気管に詰まらせて窒息死した。

明らかに病院の管理ミスによる事故で、私は病院を相手に提訴することも考えたが、裁判

で争って引きずると、父との最後のいい思い出もすべて辛くなってしまうように感じた。父を安心してあの世に送り出すためにも、病院の責任を糾弾することにこだわってはいけないと思った。

父の葬儀のときに姉たちは言った。

「あんたがライブとか音楽とか、映画とか、芸術とか、そういうのが好きなのは、あんちゃんにそっくりだよね。あんたの父ちゃん、若い頃に脚本家か映画監督になりたいと言っていたんだよ」

私は、映画が大好きで、学生の頃は一日中映画館に行っていた。スティーブ・マックイーンの大ファンで、映画を字幕なしで観たいと思って、専門学校の英会話科に入った。

父はもともと健康で、元気で、映画が好き。だから、私はそんな父の性格を結構受け継いでいるらしい。

――赤の時代

篤子さんは専門学校を卒業するとき、英会話科の先生から

「東京プリンスホテルの電話の交換手を募集しているからどうだ」と言われ、面接に行ったらすぐに採用されて、二〇歳から二年間、東京プリンスホテルの電話交換手として働いた。

当時は若かったので五日に一回の夜勤も苦ではなく、東京タワーの夜景を見ながら、電話越しだけれども著名人の方と話もできたし、国際電話をつないだりして、ホテルの華やかな断片も見られて、結構楽しかった。

就職した当初はいろいろ失敗もしたけれど、少し仕事に慣れてきた頃に、上司だった女性係長が二〇歳前後の私たちを前に言った。

「皆さん、覚えておいてくださいね。ここは水商売です。ホテルは男と女のドロドロしたところの場所でもあります。でも私たちは、それに染まってはいけません。自分たちはホテルに来られるお客様とは違うのです。あくまでOLだと思って、仕事をきちんとやってくだ

さい」と。

「特にクロークなんかにいる人は、華やかな世界を目にして、毛皮とか、素敵なブランドバッグとかを見ると、つい欲しくなって、買ってしまう。するとどんどん生活が崩れていってしまって、自分を見失ってしまう。私はそういう人をたくさん見てきました」

係長の話は、まだ社会人として間もない私に、社会の裏側を強く印象づけた。

篤子さんは東京プリンスホテルを昭和五三年一月に退職した後、カネボウ化粧品に入社して、電話交換手の仕事を続けた。

東プリ時代には、薄給の身だったし、夜勤もあるシフトで動いていたから、化粧や服装なんかをあまり気にすることもなかった。

ところがカネボウに入ったら、化粧品は三割引きで買えるし、当時としては珍しく女性管理職がたくさんいる会社だったので、忘年会や新年会というと、もう競い合ってブランド品をつけてきた。

篤子さんは特に目立つことはなく、着飾った先輩たちとは一線を隔していた。

カネボウでは電話交換手を四人のスタッフでやっていたが、そのうち一人が四〇歳後半のお局さまで、残り三人は二〇歳代だった。

じきに、私を除いた二人が、ほぼ同じ頃に結婚して退職しメンバーチェンジになって、以前に正社員で働いていた人が復帰して、嘱託のアルバイトで戻ってきた。

その嘱託さんも私よりだいぶ年上で、同年代の三人で楽しくやってきた職場の雰囲気がまったく変わって、すごく嫌になった。

その頃、家の中も家族構成の複雑さからいつも絶え間なくトラブルがあって、何度家を飛び出そうかと思った。

しかし病弱な父のことを思うと、自分勝手なことはできないと、忍の一字でずっと耐えていた。

会社に行っても家に帰っても、気が休まらない日々が続いていた

あるとき、養母が言った。

「篤子さん、あんたね、そんなにお局さまが嫌だと言ったって、結婚して舅、小姑がいる所に行ったら、あんた、三六五日相手が死なない限りは一生尽くすんだよって。そういうのが嫁の立場なんだから。でもあんたはね、月金で働いて土日は休みで、お給料もボーナスももらえるんだし、自分の時間もあるじゃないか」と。

「親の小言とお灸はあとから効く」というけれど、本当に言い得て妙だと思った。

篤子さんは、真っ赤なスイカの形をしたバッグを買い、それとおそろいの赤い靴も買って、パンプスの音をコツコツと鳴らしながら出勤した。

併せてその頃流行っていたクルーガーランド硬貨のペンダントやイヤリングもつけて、指輪もしてというように隙のないおしゃれで身を固めて会社に出かけた。

社内で赤をいつも持っていて、赤いバッグだけでも目立つのに、スイカみたいな丸い形をしていたので、会社のみんなから「何が入ってるの」と聞かれると、バッグから、お弁当とグレープフルーツを取り出した。

「井上さんは、すごくいっぱい食べるんだね」と笑われながらも、少し気持ちが晴れた。

そのとき赤の色を付けていたのは、めげる自分の気持ちを何とか奮い立たせるためだったし、ある種のプロテクションだったのではないかと思う。

篤子さんは赤を身につけて仕事を続け、昭和六一年まで九年間勤めた。

それは、篤子さんにとって「赤の時代」と呼ぶものだった。

──父母の離婚

篤子さんの父母は、昭和三二年、彼女が一歳の誕生日を迎える前に離婚した。

井上家の家族は、母淑子さんのことをよく言わなかった。

「おまえの母親は新潟からうちに嫁いできたのに、新潟に残された弟や妹のことが気になるんだか、たびたび新潟に行ったりして落ち着かない女だった」と

他にもいろいろとトラブルがあって、協議離婚することになったが、

「まだ若いし、子どもがいたのでは再婚もできないから、うちが引き取るからと話して、おまえを引き取ったのだけれど、おまえの母親は、おまえの着ていた物まで全部身ぐるみはがして持っていったんだ。普通、乳飲み子の服は置いていくだろう。そんな母親だから、とんでもない女なんだ」

篤子さんは、あとになって、母について聞いた。

母の淑子さんは新潟の生まれで、淑子さんの父親が戦後すぐに結核で亡くなったため、長女の彼女が家族を食べさせていかなければならなかった。

淑子さんは、新潟から夜行列車に乗って、上野のアメ横まで買い出しに来て、駄菓子を仕入れて、地元で売る商売をやっていた。

井上の本家が、アメ横でお菓子を売る商売をしていたのが縁で、その親戚が「働き者の娘さんがいるから」と、淑子さんを紹介し、お見合いをして、誠と結婚した。

夫の誠さんが発病したのはそれから間もなくだった。

七人兄弟の長兄だった誠さんは、家長として妹や弟をしっかりと見ていかなきゃいけないという責任感と自らも所帯を持ったという重圧の狭間で葛藤した。大家族のなかで、舅、小姑も何かとうるさく、心配した親戚が、

「誠ちゃんね、別居したらいいよ」と言ってくれたが、

「自分は家長だから、妹や弟を守っていかなければならない。自分だけ飛び出して、自分の所帯だけよければいいということはない」と頑張った。しかし、結局自分の家族を守ることができなかった。

現在《いま》ならば、離婚は特に珍しいことではないが、当時は社会的な負い目も相当あった。肉

親からも、「あんちゃん、何馬鹿なことやってんだよ、離婚なんかしちゃって」と言われて、落ち込むことが多くなり、精神的に弱い気質が色濃く出てきた。

のちに母・淑子さんと再会したとき知ったのは、淑子さんは、離婚したときに、娘の篤子さんを一度は新潟の実家に連れ帰ったという。

「自分が腹を痛めた子どもを置いてくるなんて出来なかった。実家は貧しくても、自分が食べなくても、連れて行きたかった」と。

ところが、井上の家族が篤子さんを奪い返しに来たという。

篤子さんにそのときの記憶はないが、そのときのことが幼い子ども心に、不安のしこりを残した。

篤子さんは幼稚園に入園したときに、みんなといるのが嫌だった。

「自分がいない間に家族がどこかに行っちゃう。だから私、家に帰りたい」と言って、幼稚園を脱走して、最初に入った幼稚園はすぐに退園した。

次の幼稚園入ったときも、三カ月間なじめなかった。

姉たちが「何で家に帰りたいの」と聞くと、

「だって私、みんなと遊んでなんかいられないの。私がここにいる間に、みんながいなくなっちゃったり、みんながどっかに行っちゃったりするかと思ったから、うちに帰って、お姉ちゃんやお兄ちゃんや、お父ちゃんやお母ちゃんがいることを確かめないとイヤで、私は家にいなきゃいけないの」と、篤子さんは訴えた。

なじめるようになったのは、園で一緒だった今の夫の平田さんのお母さんが「篤子ちゃん、これじゃいけないな」と言って、

「おばさんと仲良くしよう」と一緒によく遊んでくれたおかげだった。それでようやく幼稚園に通えるようになった。

毎日園の送り迎えをしてくれる姉ではなく、平田さんのお母さんだとなぜか安心できた。

実母の淑子さんとは、別れた後に何度か顔を合わせていた。

篤子さんはチューインガムが好きで、よく食べていた。三歳ぐらいのとき、養母とアメ横の親戚がやっている店に行くと、ガムをもらって食べていた。

すると、新潟から母も来ていて、ばったり会った。

そのときは、実母とはわからなかったから「おばちゃんだよ」と紹介されて、ぺこん、ってお辞儀したのを覚えている。

母はそのまま帰ったけれど、そのときのことを思い出せるのは、何かしら感じるものがあったのだと思う。

淑子さんは言った。

「あんたが最後まで着てた綿入れの着物持ってきたのは、あんたのぬくもりが欲しかったのよ」

乳飲み子の着ていた物まで全部身ぐるみはがして持って行った、とんでもない母親という事実の真意は違っていた。

この一件を通して、話には表と裏があり、表も事実、裏も事実、その話を両方聞いたときに、納得できることもあるのだと、篤子さんは思った。

だから、どっちが良いとか、悪いとかではなくて、ただ事実があるということ。

井上の両親は、母が再婚するとき、子がいないほうがいいだろうという思いがあって、子から離したのかもしれない。

でも、母にしてみると、自分の血を分けた子どもだから渡したくないという思いがあった。

そういう両親や淑子さんの悪気のない当然な思いとは別に、精神を患うほどの父の辛い思いもあった。

――母との再会

昭和五二年、篤子さんが二一歳になったとき、思い切って姉に母の所在を尋ねた。

「篤子のお母さんは新潟市にいるから」と教えてくれた。

篤子さんは、新潟市役所戸籍課の課長さん宛てに、便箋で三〇枚以上の手紙を書いて送った。

すると、母は新潟市内で再婚していたことがすぐ分かり、住所も簡単に調べられた。今では考えられないけれど、役所の課長さんが母との間を取り持ってくれて、

「お母さんが分かったので、電話口に呼ぶから」と言ってくれた。課長さんの仲介で、母と電話で話した。

それで「そういえば」と話してくれたのが高校生のときに、ある朝、男の人に「篤子ちゃん？」と声をかけられたときのことだった。

その人が身辺についていていろいろと聞いてきた。通学の途中、南千住駅に行くまでの間、い

ろいろなことを話したことを覚えている。
「何が好きなの」とか、「趣味は何なの」とか聞かれて、少し警戒しながらも、ぺらぺらとしゃべって、駅に着いたら「じゃあ、失礼します」と別れた。
「そのときあんたが話したのは、私の弟なんだ」と母は言った。「そうだったの、あのときは何か不思議に感じがした」と応えたら
「そのとき、私、あんたの後ろをずっと歩いていたんだよ。成長したあんたに会いたかったの」と話した。
それで「私、会いたいから」と言ったら、
母も「会いたい」と言ってくれて、新潟に行くことにした。

新潟駅に着いたときに、母はすぐ分かって、手を振ってくれた。

母が私に会ったときに、上から下までじろじろ見ながら、

「あー、東京のセンスっていいね」と言った。

私もこの人のお腹から生まれたのかなって、母をまじまじ見た。

耳のここが似てるなあと思いながら、ふと頭によぎったことは、自分の内臓を見ているみたいだった。

「自分の心臓とか胃とか、肝臓とか膵臓って見たことないけれど、ちゃんと入っているじゃない。レントゲンやエコー撮ればあるわけじゃない。それは、自分の肉体で、そこに感情があって、心があって、魂があってということでしょ。

でも私は、自分の臓器を取り出して、臓器の一部をこれがあなたのお母さんなのよっていうような感覚だった。何とも例えようのない不思議な感覚だった」

二泊三日の滞在だったが、娘との失ってきた時間を取り戻すかのように、母はたくさんのことを聞きたがった。

「これは自分で買ったの？」と言うから、

「うん、ジャケットは自分で買ったけど、ワンピースはお姉ちゃんが買ってくれたのよ」と応えた。

今私が、どうして、こういう出で立ちでいるのか、どういうことをやってきたのかということを、本当に何でも話してあげた。

昼食は、姉たちから「あんたのお母さんはラーメンとギョーザが大好きだ」と聞いていたので、

「私、ラーメンとギョーザを食べたい」と言ったら、

「安心した。あんたがナイフとフォークで食べるって言ったら、どうしようと思ってた。ご馳走するから」と言って、一緒にラーメンとギョーザを食べた。

そのとき母と食べた醤油ラーメンとギョーザは、篤子さんの一生を通して忘れられない食事になった。


夜は「おばあちゃんがいるから」と母が言って、

「ああ、私におばあちゃんがいるんだ」と思いながら、淑子さんの母が住んでいる家に行った。

祖母は喜んで迎えてくれて「新潟は何でもおいしいんだから」とお赤飯を炊いてくれて、とんかつを出してくれて、てんぷらも出てきて、「食べろ、食べろ」と言ってくれた。

初めて会うおばあちゃんの前だし、胸がいっぱいで、あまり食べられなかったら、「じゃあこれ、持っていきなよ」と、箱いっぱいお赤飯を詰めて持たしてくれた。

翌日は「再婚した旦那さんが夜勤でいないから、うちに来て」と、母の家に行った。

母は再婚して男児をもうけ、私と三歳違いの弟は、大学生でラグビーをやっていて、東京で暮らしていた。

篤子さんが、新潟の母に会いに行くと宣言したとき、井上家の皆は、新潟から帰ってこないと思い、戦々恐々となった。

特に養母はおろおろして、かわいそうなぐらいだった。

私が戻ったときに「どうだった？」と言うので、

「誰が悪いわけでもないよ。私が風邪をひいた、麻疹《はしか》になった、扁桃腺を腫らしたというとき、優しく看病してくれたり、宿題ができなくて泣きながら手伝ってもらったり、みんなにいつも可愛いがってもらってきた。新潟のお母さんも、うちの家族も、私はもう誰も悪いとは思わないよ」と応えた。

でも本当の意味で、それが自分のなかですべて整理がつくには、それから一〇年ほどの月日がかかった。

ただそのときに、話には表と裏があり、どっちが良いとか、悪いではなくて、人それぞれに事実があることだけは分かった。

だから、人によって違う事実に対して、自分がどう判断するかが大事なんだということを、二二歳の小娘として学んだ。

先妻の子どもと後妻に入ってきた養母の子ども、親子ほど年の離れたきょうだいがいる摩訶不思議な家族のなかで私は育った。

自分を産んでくれた親がいて、育ててくれた親もいて、実の父は自分の兄でもあり、末娘として育てられたが、実は一家の孫でもあったという事実。

その事実が伏せられてきたがゆえに、長らく家族の一人ひとりに影を落としてきた。

父はこうした家族の現実のなかで、半分病気だったから良かったかもしれないし、逆に病気を増長させたかもしれない。

そう考えると複雑だけど、この複雑さが私なんだと、篤子さんは今にして思う。


六人親が持てるということ。

養父は生前「篤子は、美智子さまのそばにいた」と言ったけど、美智子さまだって嫁いでやっと親が四人だけど、私は嫁ぐ前から四人いて、嫁いだら親を六人も持てる。

親を六人持てる人って、そう世の中にはいないよなと思ったら、逆にこれって、ぜいたくかもしれないって思った。

「私ってすごい、いっぱい手に余るほどのものが与えられている人間なんだって思ったときに、なんて幸せなことなんだろうって！」

そうしたら「Ｉｔ'ｓＯＫ」って、すべて許せるようになった。

――家業を継ぐ

昭和六二年に養母が亡くなり、その一周忌を考えていた翌年二月に父が急死して、父の納骨と養母の一周忌を一緒にやった。

篤子さんは、英語で一本立ちして、通訳等の仕事をしながらキャリアウーマンとして生きたいという夢があった。

ところが養母が亡くなり、嫌がっていた家業の簡易旅館の仕事を手伝うことになった。

大企業のＯＬとして働いていた自分が、海千山千の男を相手に、汚いトイレを掃除しなきゃいけない現実に悩んだ。

「これ、私の生活じゃない、これは本当の私じゃない」

と迷いながら、簡易旅館の仕事をやっていた。

じきに、病弱の義兄に代わって代表取締役をやることになった。

旅館の社長として、自信がまったくないまま、年上の人たちを仕切ってやっていかなくてはならない重圧に押し潰されそうになりながら本当に苦しい毎日だった。


あるとき、養母が話していたことを思い出した。

「御足っていうのは、汚い所にあるから尊いのよ。トイレ掃除するときなんか特にそうなんだよ」と。

「なるほどなって。トイレを掃除したきれいな水の先に、聖徳太子がいるんだ」と妙に納得した。


同時に「なんで自分はこの山谷で生まれたんだろうとか、なんでこの家業をやっているのだろうか」と、考えるようになった。

旅館に住む男性高齢者のお世話をしてると、いろいろな人生があり、自分が到底経験できないことを聞かせてもらうことも多かった。

同じ屋根の下で暮らす彼らが病気で病んだときに、放ってはおけない。

「袖すり合うも他生の縁」だと、無碍《むげ》にはできない。

旅館で暮らす人たちに対する思いは、父が生前入院していた精神病院に行ったとき、自分のことを待っていた患者さんたちに対する思いと変わらない。

道に筵を敷いて、アコーディオンを弾きながら物乞いをする傷痍軍人に抱いた幼い日の気持ちとなんら変わらない。

この自分の心を動かすものは何なのだろうと考えたとき、自分がもし何回か生まれ変わってきたならば、人を無碍に扱っていた前世があって、今は人に深く寄り添うことでそれを浄化しているのかもしれない。

六人の親がいることも、自分が選択してきているのかもしれないと思った。

すべて意味のあることが起きているのだと考えるようになったら、望むと望まざるとにかかわらず、自分にとって必然なことが用意されているのかもしれないと思えるようになった。

「辛い、きつい」と言っていることも好きになってしまえば、ストレスを感じることも減るし「これが自分に与えられた仕事なんだ」と思えば、前向きに取り組める。

「試練から忍耐力が生まれ、忍耐力から希望が生まれる」という至言のとおり、辛くて大変だけれど、何とか踏ん張って目の前にある障壁を乗り越えると、新たな地平が見えてくる。


すると、自分がやっている旅館の仕事が他の旅館と少し違うものであることに気づいた。宿泊する高齢者の人たちがトイレを汚すと、誰が具合悪いのだろうとか、お弁当残して捨てる人がいると、食欲不振な人は誰だろうかと気にかけながら、体調を崩している人がいると、様子見に行って、直接声をかける。

「駄目じゃない」と叱って、「やれ、熱を測らせろ、お粥を食べろ。医者に診てもらえ」と、病院に送り出す。

受診して戻り、元気になると、こちらもほっとしたり、向こうも「良かった、安心した。ありがとね」と言ってくれる。

その「ありがとう」の一言が嬉しくて、ああ良かったと、素直に思う。

人は誰かと関わって、誰かと寄り添って生きていくのが大切なんだとあらためて思う。

癒やしきれないたくさんの思いを抱えた高齢者の人たちでさえ、人との関わりの中で、ぬくもりを感じ、癒やされることもある。

子どもの頃から引っかかっていた思いと、自分がやってきたこととはずっと繋がっていて、もともと親が残してくれたものだった。

今は、人と関わって、ぶつかり合いながら生きていくのが、自分の性に合っているのかなあと思っている。

（上）2019 年の明治通り泪橋交差点
（下）簡易宿泊所が立ち並ぶ旧山谷地区

――チャンスの前髪

家業の旅館業も軌道に乗り始めた頃、私は自分のエネルギーを何かに使いたいと思っていた。

そんなとき、養母の「私、子どもの頃にすごい近眼で、辛かったから、視覚障害者のために何かやりたかったんだ」という言葉を思い出した。

『母ができなかったことを、私がやってみよう』と思った。

以前から盲導犬の支援のため寄付はしていたが、たまたま目にした新聞記事に、ある人が書いた本が紹介されていた。

それが、郡司ななえさんが書いた『ベルナのしっぽ』だった。

郡司ななえさんは一七歳でベーチェット病という難病にかかり、二七歳で完全失明した。

私は『ベルナのしっぽ』を一読して感動し、郡司さんに直接連絡を取った。

それから、郡司さんとは二〇年近い付き合いを続けている。

郡司さんは、中途失明というハンディを背負いながらも、盲導犬ベルナとともに数々の苦難を乗り越え、その生き方は映画やテレビドラマにもなって多くの人々に感動を与えている。

篤子さんは、映画を作るときにもエキストラで参加し、彼女に寄り添いながら、彼女の辛さ、彼女の苦悩を傍らで聴いていた。

郡司さんと同じ時間を共有できたことは、何ものにも代え難いものだった。

郡司さんの強烈な話として忘れられないのが、

「チャンスの女神が来たときに、チャンスの女神は前髪しかない。後ろはツルッ禿《ぱ》げだ。そのときに前髪を、何がなんでもわし掴《づか》みに取らないとチャンスは振り返ったときにはもうない」だった。

郡司さんが中途失明者になって、真っ暗なトンネルの闇の世界に入り苦悩していたときに、ある言葉に出会った。

『人間はいろんなことがあっても立ち直ることができる。一回戦で負けた試合でも、二回戦で必ずそれを盛り返すことができる。自分の人生の一回戦が今までだったとすれば、二回戦これから始まる』

その言葉に励まされた彼女は、障害者教育センターに電話して、「私、目が見えないですけど私でも何とかなりますか」と聞いた。

「もちろんできますよ。ちょうど前の人がキャンセルになったので、明日一名空いたのですけど、来れますか」と言われて、

二つ返事で「行きます」と、翌日訓練所に行った。

訓練所では、初めに広い芝生の上を歩かされた。

「郡司さん、白杖はあるけれど、どこでもいいから歩いてごらん」と言われて、まったく見えないけれども、自分で好きなように歩いた。

その日は七月初旬の梅雨空だったが、これからの出発を祝福してくれるかのような晴天に思えた。

スタッフが「郡司さん、顔を上げて空を見てごらん。今あなたが立っている前も後ろも横も、全部芝生だからね」と言った。

郡司さんは「チャンスの女神の前髪をわし掴み」にして、新たな世界を切り開いた。

篤子さんのご主人の平田さんが脳内出血で倒れ、生きるか死ぬかというときに、郡司さんは電話をくれた。

「平田さん、今あなたは奈落の底に落ちていこうと思っているわよね。でもね、いいから、奈落の底まで落ちちゃいなさいよ」と。「落ちてしまえばあとは這い上がっていくだけだから、そうすればいいいんだけど、今奈落の底すら怖くて落ちないようにあがいているけれども、落ちてしまえばあとは一歩一歩上がっていけばいいんだから。私がそうだったように、大丈夫だから。私は日に三回、あなたのご主人が生還するのをずっと祈り続けるから」と言った。

一気に失明したのではなく、真綿で首を絞められるように奈落の底に落ちていく筆舌に尽くし難い経験をしながらも、あきらめずに起死回生していった彼女の言葉だからこそ胸に響いた。

私は号泣して、救われた。じきにご主人も回復した。

郡司さんは結婚して子供に恵まれ、息子さんも小学生の頃には、自分はベルナお姉ちゃんに育ててもらったと言うまでになった。

そのベルナも一四歳半で亡くなり、その三カ月後に、郡司さんの旦那さんがガンで亡くなった。

まもなく二代目の盲導犬ガーランドが来たけれど、ガーランドもまた、急性白血病で一年半で亡くなった。

「私は二年足らずの間に、三つお葬式出したんだから。篤子さんは私と似たような境遇だよね」と、郡司さんに言われた。

盲導犬ベルナと暮らした生活、人と動物が心を通い合わすことを身を持って体現してきた郡司さんから、健常者と障がい者が一緒に生きていく共生社会について、私は学んだ。障がい者イコールいつもこちらがお世話をするではなくて、逆に健常者が学ぶこと、教わることも多くて、お互いに対等の立場だということが分かった。

要は、自分の心がどれだけオープンで、ニュートラルな気持ちでいられるかということが一番大事なことに気付いた。

篤子さんは、「チャンスの女神の前髪」をわし掴みにしながら、心の豊かさを手に入れた。

現在篤子さんは、簡易宿泊所の女将として、多くが高齢になった利用者の面倒をみている。身寄りのない独り身の高齢者を温かく見守り、その人が天寿を全うするまで寄り添う。

私はソーシャルワーカーとして多くの社会福祉従事者を見てきたが、篤子さんほど人に深く寄り添い、真に人との関わりを持てる支援者をほかには知らない。

三　泥船の水上生活 ——大杉まささんのライフヒストリー

私は昭和三八年に台東区立浅草小学校に入学した。

自宅は隣りの墨田区にあったが、母の実家が台東区駒形で草履の卸問屋をやっていたため、越境入学で通学していた。

当時隅田川は現在のようにきれいではなく、薄汚れていて臭いもした。堤防も未整備で隅田公園の辺りでも岸壁からそのまま川面になっていた。

小学校低学年のとき、クラスメイトの女子が隅田川の船から通学しているという話を聞いた。内容は分からなかったが、子ども心に何か聞いてはいけない話を聞いた気がして強く印象に残った。

この話の真相を知ったのは、ごく最近のことだった。

大杉まささんは、大正一四年生まれで、現在は次女と同居しているが、九〇歳過ぎても溌溂としていた。次女と知り合ったのが縁で母親のまささんから話を聞くことができた。

「昔は大変だったよ。生活のために、私は何でもやったよ。七五歳までビルの清掃の仕事をしていたんだから。たくさん苦労したからね。今が一番幸せだよ」

言葉をかみ締めるように言った。

「私は昔、泥船にも乗っていたんだよ。隅田川の川底から泥を掬《すく》って、埋立地まで運んだ船のことだよ。東京都が雇い主で、私は昭和二五年から一五年間くらいその仕事をしていたんだよ」

まささんは、泥船の話を続けた。

「泥を掬っていると、いろいろなものが引っかかるんだよ。どざえもん（水死体）が引っかかったこともあるよ」

まささんのいう泥船は「浚渫船《しゅんせつせん》」である。

浚渫船は水底の泥や岩石をさらい上げる運搬船で、隅田川の河口に位置する東京湾は土砂が溜まりやすく、船舶の航行の安全を守るために古くから浚渫作業が行われてきた。

泥を満載した当時の浚渫船にはエンジンがなく、本船の蒸気船に曳航《えいこう》（船が他の船を引いて航行する）され、船尾で舵《かじ》を取りながら隅田川を下り、東京湾の埋立地へ向かった。

まささんの話は続いた。

「私は戦後、連れ合い（夫）と田舎から着の身着のまま東京に出てきたんだよ。所帯道具はおろか茶碗一つ無かったんだから」

「仕事を探していたら、東京都が船で土砂を掬い上げる仕事を募集していたんだよ。船を貸してくれて、その船に寝泊まりしていいというんだよ」

「住む所もなかった私たちはその話に乗るしかなかった。そして、連れ合いと一緒に船に乗ったんだよ。船に乗る前、本船の元締めの奥さんが鍋と釜、茶碗や皿、米、味噌、醤油まで持たせてくれたんだよ。本当にありがたかったよ。そのとき私の腹には子がいたんだよ」

まささんは、にっこりと笑った。

昭和二五年、大杉さん夫妻の「水上生活」が始まった。

浚渫船の全長は一五メートルほどで、船のスペースの大部分は泥を運搬するためにあったが、船尾のほうに三畳くらいの居住スペースがあったという。そこに最小限の所帯道具を持ち込んで住んでいた。

湾岸の病院で出産したまささんは乳飲み子をおぶって、川岸から汲んできた水を使い、七輪で火をおこして船上で炊事をした。

洗濯は川岸にあった共同の水場で行い、洗濯物は船上に干して乾かした。

学童期になると子供たちは、深川にある寄宿制の「水上小学校」に通う。

月曜日の朝に親元を離れた学童たちは、週末まで寄宿舎から水上小学校に通い、土曜日の夕方に親の待つ船に帰る。

「子供たちには不自由な思いをさせたかもしれないけど、今思えばいい思い出だよ」

次女が卒業した昭和四〇年に水上小学校は廃校となり、大杉さん家族の水上生活も終わった。

「泥船では他人《ひと》には言えない辛いこともあったけれど、歯を食いしばってやってきたんだよ」

泥船で四人の子どもを育て上げ、戦後生まれには想像もつかない苦難を乗り越え、生き抜いてきた歴史がその表情に刻まれていた。

四　真冬の蚊帳《かや》

――田宮邦江さんのライフヒストリー

昭和六年生まれの田宮邦江さんは「私の人生、波乱万丈の地獄を見てきた」と言う。

「とにかく貧しかった。死のうとまでは思わなかったが、生活苦はかなりの痛手だった」と振り返る。

田宮さんは、平田篤子さんの姉の井上梢さんの友人で、私のライフヒストリーを紡ぐ活動に共感してくださり、自らの半生を語ってくれた。

邦江さんは、鹿児島県で一〇人兄弟の下から二番目に生まれた。一番上の姉とは二〇歳近く離れていた。

邦江さんは、学校を卒業すると、福岡博多に出て働き始めた。

そこで東京から単身福岡の会社に出向して働いていた辻本さんと出会った。

邦江さんは、男前で腕のいい溶接工だった辻本さんと恋仲になり身ごもった。

当時辻本さんは都内荒川南千住で母と暮らしていたが、母親は邦江さんとの結婚に反対して、「お腹の子を堕胎《おろ》して、別れろ」とまで言われた。

母親の反対を押し切って籍を入れたが、南千住の長屋に義母と同居しての生活は息の詰まるものだった。

四六時中、義母に監視され、何やかやと文句を言われる針の筵に座る日々が続いた。

夫は母親には頭が上がらなかったか、酒を飲むと暴れ出し、邦江さんに手をあげることもたびたびあった。

世帯を持って数年後に母親は他界し、義母の束縛からは解放されたが、夫の酒乱は日を増してひどくなっていった。

母親が亡くなると、会社でも酒による同僚とのトラブルがもとで、じきに辞めた。

住まいは借地だったが持家だったため、六畳と二畳の二間続きの玄関側二畳一間を、子供が二人いる学校の先生夫婦に月二千円で賃貸していた。

裏の勝手口にある流し場は邦江さん世帯が使用し、先生一家は玄関表にあった共同の水場を使いながら玄関先に電気コンロを置いて炊事をしていた。

邦江さん一家は二畳間を通らずに勝手口から出入りしたが、便所は勝手口側にあったので、先生一家は邦江さんたちがいる六畳間を通って行った。

「私たちが寝てるところを先生たちは便所に行ったりしてね。この頃下の子が産まれてね。狭い一つ屋根の下にうちの親子四人と先生一家の四人が住んでいたんだからね。今じゃ考えられないよ」

と、邦江さんは笑いながら言った。


夫は失業後も働かず賭け事で競輪もやり始め、金がなくなると、自宅の登記証を預けて高利で金を借りて、飲み代に充てた。

邦江さんは幼い子がいても働かざるを得ない状況で、生まれたばかりの次女をおぶって、豆腐屋の奥さんが産んだ赤ん坊のおしめの洗濯を一回百円でやった。

夫は「俺は駄目だ、俺は駄目だ。溶接工しか仕事できないから。若いときから一つしかできないから、他の仕事をやろうという気力もない。最終的にはもう親子四人で死んじゃうか」

とまで言い出した。

「でも私はね、勝手に一人で死ねばいいのよと思った。私は死にたくないもん。なお生きたいちゅう。どうかして生きようっていう。何したって生きてやろう」と。

それからじきに、高利貸しに担保に入れた自宅まで取られた。

南千住から町屋の京成電鉄のガード下の家賃四千円のアパートに引っ越した。

リヤカーを借りて南千住から、自分と子ども三人で、次女をおぶって、長女は小学校にも上がっていなかったけれど、リヤカーを後ろから押してくれた。

引っ越し先のアパートは、まったく陽の当たらない真っ暗な四畳半の部屋で、天井から夜中に南京虫がポンポン落ちてきた。

夫は飲むと酒乱は相変わらずで、邦江さんを叩いたり、隣近所に文句を言ったり喧嘩売ったりするから、二年として同じ住まいにはいられなかった。

町屋だけでも三、四回転々と引っ越した。

邦江さんは日銭を稼ぐため、一日数件仕事を掛け持ちでやった。

映画館で切符売りと売店でアイスクリームを売って、それが終わるとプレス工場で作業して、夜は料理屋で働いた。

幼い娘二人は、母親の仕事が終わるまで職場の片隅でじっと待っていた。最後は、男しか働くことのなかった工事現場で働いたという。

「子ども連れてやらせてくれた。町屋にそういう受け主がいてさ。私、力が強いもんだから、働かせてくれた。本当、悲しい思いして生きてきたよね。死なずに」

邦江さんは涙ぐみながら語ったが、熱いものが伝わってきた。

極貧の生活のなかで、やかんから布団の綿まで売れるものはすべて売った。やかんを売っても、鍋が一つあれば何でもできるから、それで煮たり焼いたりした。

「とにかく何かしないと、七輪一つだから。うどんの干したのを買ってきて、つゆに塩気があるからそれで食事ができるからね」

「おにぎりなんかいい匂いがすると子どもたちが食べたいだろうなと思うからね、子どもには食わしてやって自分は食わなくていいと思ってね。子どもに米一合買わしにやるんだよ。小さいあの子に。そうすると近所で評判になってね。〈米一合の赤ずきんちゃん〉と、有名だった」

蚊帳の中で親子四人、真冬の雪の日を過ごしたこともあった。

「蚊帳も温かいもんですよ、思い出すとね。冷たいすきま風が入る暗い部屋で蚊帳は温かかった」と懐かしげに語った。

四回目の引っ越しをして間もなく、夫は肝硬変で亡くなった。

「夫のことでは苦労し過ぎちゃったからね、こんなふうになるもんかって思うぐらいでね。あまり未練はないね」と呟いた。

邦江さんは夫が亡くなって、やっとその重荷から解放されたが、我が子を育てるために苦労はまだ続いた。

いよいよ日銭がなくなると、邦江さんは血液銀行に血を売った。

「売血」

戦後日本では輸血用血液を「売血」で賄っていた時期があった。

売血は自らの血液を有償で採血させることで、日本赤十字社が血液銀行（現・赤十字血液センター）を設立し血液の無償提供を呼びかける一方で、商業血液銀行では有償で買い取った。売血者は主に低所得の肉体労働者であったが、一九六〇年代後半まで売血は存続した。

「子どもがここ乗っかってさ」

邦江さんは自らの上腕部を指さして言った。

血を絞り出すためにベッドに横たわった自分の上腕から胸の上に長女を乗せて圧をかけ、手を握って開いてと、繰り返しやった。

売血は二〇〇ccで六千七百円だった。

日暮里、青砥、上中里、銀座と売血する商業血液銀行は各所にあった。一カ所行ったら、そこではそれ以上採血できないので、一日に数カ所回った。

電車賃を使うのがもったいないから、三歳の長女は何も言わず、南千住から次の血液銀行のある日暮里まで線路づたいに母親と一緒に歩いた。

「人として何か悪いことしてるようでね。でもこれで我が子を食わせるんだから悪いことしてないんだって自分に言い聞かせた」

身を売っているようで、あまりいい気持ちはしなかったけれど、それも充分やってのけた。血が出なくなるまで。

「子どもをおんぶしていると血が固まって、血中の鉄分の比重が上がるんじゃないかとか、いろいろ自分なりに研究してね」一日に数カ所回って、六〇〇ccぐらい取った。

「だからもう腹が減ってるとか言っていられなかった。子ども育てなくちゃいけない。自分の血でね。子どもを育てるためといっても悪いことしてるみたいな気がしたけど、やっぱり生きていくためにはね。それで生きてるんだからね、こうして」

「娘にはずいぶんと苦労をさせたけど、二人ともよう育ったな」と振り返る。

邦江さんは現在、五人の孫と三人の曾孫に恵まれ暮らしている。

（上）1954年の浅草六区映画街
（下）1955年の上野界隈

第二章　認知症になってもライフヒストリーは失われない

――在宅介護で見出した母のライフヒストリー――

私は認知症になった母を二〇一七～一九年までの約二年間、在宅介護した。当時、周りからは「お母さんの介護、大変ですね」と言われたが、母親を介護することは、私が望んでやりたかったことだった。

母の最期を看取り、改めて介護の日々を振り返ると、母・根岸タキ子のライフヒストリーとその人生の意味付けが見えてきた。それは、ずっと以前から私の中にあった「どう最期を迎えるかということ」への答えでもあった

一　それは突然やってきた！

二〇一七年四月のある朝、私は目が覚めると、階下で何やら音がしていた。私が下に降りていくと、母さんはキッチンの流し場をスポンジで掃除していた。

「ずいぶん早くから何しているの？」と聞くと、

「少し汚いから掃除しているの、起こしてすいませんねえ」と応える。

「まだ早いからもう少し寝たら」と言うと、
母さんは布団を敷いた和室に戻り、枕元に置いてある目覚まし時計を取って言った。

「まだ一時ね」時計の針は五時一〇分過ぎを指していた。

「朝五時過ぎだよ」と私が言うと、よく分からないらしく、

「パジャマ着てるから、また寝るよ」と言って、和室の電気を自ら消した。

それから数日後の早朝午前四時過ぎ、階下で音がするので私は一階に降りた。薄暗い階段下の玄関先に母さんは座り込み、フローリングの床を手でこすっていた。明らかに異様な雰囲気だった。

次の瞬間、母さんは下半身に何も着けていないことが分かった。私は驚いて叫んでいた。

「母さん、どうしたんだ⁉」母さんは黙ったまま、手で床をこすり続けた。

母さんが寝ていた部屋の電気をつけると、パジャマのズボンとズボン下、パンツが脱ぎ捨てられ、畳は広く濡れていた。

『とうとうこの時が来た！』

私は混乱する気持ちを抑えながら、何とか平静を保つように自分に言い聞かせた。汚れた衣類を片付け、濡れた畳を手早く拭き取った後に、玄関先で茫然と座り込んだ母さんを立たせて部屋に誘導し、下着とズボンをはかせて、寝かし付けた。

母さんの意識喪失然とした様子に、本人のショックの大きさを感じて、私の胸も痛んだ。

この一カ月ほど、母さんの認知の状態が特に低下してきたのを、私は感じていた。肩をすぼめ、弱々しく小刻みに歩く姿も最近顕著になっていた。

母さんが寝息を立てたのを確認した後、私は二階に上がり、パソコンを開いた。頭の中でいろいろな思いが錯綜するなか、私は母さんを診てくれる市内の病院を探した。ＭＲＩ脳検査を即日やってくれる脳神経外科を検索した。気が付くと、すっかり夜が明けていた。

この日午前中に受診した結果、母さんはアルツハイマー型認知症と診断された。

私は六〇歳定年を契機に雇用延長はせず、先月の三月末で都内の勤務先を依願退職したばかりだった。

私が母さんを在宅介護することを決めていたとは言え、このタイミングでこうした状況になるとは予想だにしてなかった。

奇しくも、母の介護をすることを条件に、自宅から自転車で五分とかからない旧知の友人が運営する介護事業所で五月から仕事することも決まっていた。

在宅介護のため介護離職することも覚悟していた私にとっては、ありがたいことだった。

こうして私が母さんを在宅介護する生活が始まった。

二　わがままばあさん？

二〇一七年六月末のある日、十年ぶりに母さんが姉さんに会う日だった。私にとっては、伯母さんにあたる人で、今年九四歳になる。

数週間前から、久しぶりに姉さんに会うことを母さんは楽しみにしていた。妹（母さんの長女）のご主人が車を出してくれて、私たち四人は伯母さんがいるさいたま市に向かった。

伯母さんは三年前から老人保健施設に入所していたが、歩行器を使って何とか歩けた。今日は施設に外出許可を取って、伯母さんの長女と一緒に施設から近いファミリーレストランで待ち合わせて、昼食を一緒にすることになっていた。

長女のほかに、伯母さんの長男の嫁さんも来てくれた。この嫁さんは伯母さんが施設に入所する前、自宅でずっと在宅介護していた。

ファミリーレストランに着くと、長女が駆け寄ってきて、

「叔母さん、久しぶり。とても元気そう」と母さんの手を取った。

トイレに行っていた伯母さんとお嫁さんが戻ってきた。

テーブルをはさんで母さんと伯母さんが着席した。九四歳と八八歳の二人は、少し若く見えた。

伯母さんは好きなビールを飲みながら上機嫌だった。最近食が細くなってきた母さんもよく食べた。姉妹は直接言葉を交わすことはなかったが、二人とも嬉しそうにひと時の宴を楽しんでいるように見えた。

夕方家に戻ると、母さんは言った。

「ビール飲んで、言いたいこと言って、偉そうに。あのわがままばあさんは何なんだろうね」

私は一瞬母が何を言っているのか分からなかった。

「母さん、何言ってるんだい。敏子伯母さんのことを」

「敏子？」母さんはきょとんとした様子だった。

「敏子伯母さんだよ、母さんの姉さんのトシちゃんだよ」

「トシちゃん？　嘘だよ、あれはトシちゃんじゃないよ。あんなわがままばあさんじゃないよ」ときっぱりと言った。

「でも美知子さんが来ていたろう。美知子さんは敏子伯母さんの娘だろ。だからあのおばあさんはトシちゃんだよ」こう説明しても母さんは納得がいかないようだった。

「トシちゃんは、あんなわがままばあさんじゃないよ」

この経緯を妹に電話で報告すると、

「そうだったんだ。道理で二人はほとんど言葉を交わすことがなかったから、不思議に思っていたんだよ」

敏子伯母さんもどれだけ妹の母さんのことを分かっていたか定かではないが、母さんは姉さんのことをまったく分からなかったのだ。

半分は笑い話だが、認知症の人が織り成す、ちょっぴり寂しくも、微笑ましい話だ。

三　親心は損なわれない

二〇一七年一〇月、母さんは最近風呂に入るのを面倒くさがる。入浴してもシャワーで体を流して、浴槽に少し浸かってすぐに出てくる。ものの五分ほどだ。以前のように長湯をしてのぼせるよりいいが、三週間近く洗髪をしていない。清潔面に気を遣わなくなり、風呂に入るのを嫌がる。認知症によく見られるが、このことを別居している妹に話したら、休みを利用して来てくれた。

昼食が終わり、しばらくしたところで、妹は母さんに声をかけた。

「ばあちゃん、お風呂に入ろうか、一緒に入ろう」妹は一緒に入浴して洗髪をしてくれるつもりだった。

すると、母さんはきっぱりと言った。

「こんな明るいうちから、風呂入れるかい。夜入るからいいよ」私と妹のもくろみはあえなく潰《つい》えた。

「ばあちゃん、今度は休みの前の日に泊まりに来るから、そのとき一緒に入ろう」

「わかったよ。その時にね」


妹が帰った後、母さんはつぶやくように言った。

「なんであの娘、昼間に風呂入ろうなんて言ったんだろうね？」

しばらく考えている様子だったが、何かひらめいたように言った。

「分かった！　あの娘、家ではゆっくり風呂に入れないんだよ。孫の面倒みてて、風呂に入れないいんだよ。だからうちに来て、ゆっくり風呂に入りたかったんだよ。きっとそうだよ」

母さんは確信に満ちた声で言った。

妹の長男に子供が産まれ、妹は休みのたびに手伝いに行っていると聞いていたので、母さんはこのように推察したのだろう。

認知症がかなり進んだとはいえ、我が子に対する親心は損なわれていないことを物語るエピソードだった。

四　「うち」と「そと」

二〇一八年五月、私の在宅介護が始まって一年が経った。

私は自宅から近い介護事業所に勤務していたが、昼休みに一度自宅に戻って、母さんと一緒に昼食を食べた。たまに帰れない時は、カップラーメンにポットからお湯を注いで食べるように言うと、食べてくれた。

一年前に比べると、自分でできることは徐々に少なくなってきていた。トイレは自分で何とか行けたが、テレビやエアコンのリモコン操作はできなくなった。

母さんの担当ケアマネジャーは、私が勤務する事業所の気心の知れた同僚にお願いしたが、介護保険サービスの利用は浴室とトイレに手すりを付けたのと介護用ベッドのレンタルだけだった。

ケアマネジャーは、下肢筋力の衰えによる歩行機能の低下を心配してデイサービスの利用を薦めてくれたが、母さんは頑として拒否した。

外に出ることを嫌がる母さんに、ケアマネジャーは訪問リハビリを提案してくれた。母さんも自宅に来てくれるなら構わないとのことで、理学療法士による訪問リハビリサービスが開始された。


この頃、母さんは外出する機会はほとんどなくなり、月一回のケアマネジャーの訪問と週一回の理学療法士の訪問サービスが唯一外部の人との関わりになった。

こうした訪問客への母さんの対応はすこぶる良好だった。

少し不機嫌な時でも、訪問客が来た途端に愛想が良くなり、声もよそ行きの流暢な口調になる。


母さんに限らず、お年寄りは外面《そとづら》がいい人は多い。

それが顕著に出るのが、介護保険の認定調査の時だ。日頃は一人で立ち上がるのも困難な人が、認定調査員に「歩くことはできますか」と言われると、さっと立ち上がって、頑張って歩き出すなんていうことは珍しいことではない。

一方「〜はできますか？」という問いには、実際にできなくても「できます」と応える人は少なくない。ときに、認知症とは到底思えないしっかりした受け答えをするのもよくあることだ。

母さんがケアマネジャーに「いつも息子が会社でお世話になっております」と挨拶したのには、さすがに苦笑いした。

「うち」と「そと」の使い分けができるうちは、まだ認知面でも大丈夫だと私はひそかに思った。

五　母さん大根足

二〇一八年七月、母さんは下肢の浮腫《むく》みのせいで歩行がスムーズにいかなくなっていた。私が勤務する事業所の看護師に紹介してもらった病院に母さんを連れて行った。いくつかの検査をして待合室で待っていたところ、突然母さんは意識を失った。

医師がすぐ診てくれた結果、一過性の脳虚血発作だったようで、じきに意識は戻ったが、初めてのことだったので、肝を冷やした。

最近自宅では日中でもほとんどベッドに寝ていることが多く、久しぶりに長時間起きていたことが原因と思われた。

検査の結果、腎機能がかなり悪いことが判明した。

足の浮腫みもそれが原因だった。普通ならば透析をしなければならないほどの数値だった。

利尿剤を処方してもらい、定期的な検査と観察が必要とのことだった。

病院に定期通院するのは、今の母さんには厳しいと思い、八月から訪問医療で月二回往診してもらうことにした。

医師から透析も考えるように言われたが、週三日長時間病院にいることは、母さんの本意ではないと考え、在宅での薬の処方による治療をお願いした。

母さんは自分の浮腫んだ足を見て、いつも笑いながら言った。

「この大根足、どうにかならないかね」

母さんの腎臓は普通の人の半分も働いていないらしく、利尿剤を使っても尿はあまり出ない。

認知症でなかったら、気分が悪くて耐えられないだろうと看護師は言った。

不謹慎かもしれないが、認知症が腎臓の疾患を和らげているともいえるのは皮肉なものだ。

六　甦った記憶

二〇一八年一〇月末韓国最高裁による徴用工賠償問題が新聞紙上を賑わした。テレビでこのニュースが報道された時に、突然母さんがぽつりと言った。

「うちの兄さん、徴用工に行ったんだ」と。

突然の物言いに、私は驚いた。

この頃母さんはテレビを見ていても、その内容がほとんど理解できない様子で、以前は欠かさず観ていた朝の連続テレビ小説も「見てもわからないから」と、すぐにテレビの前から離れる状況だった。

ニュース番組も同様で、内容を理解できるはずもなかった。

その母さんが『徴用工』という私も聞いたことがない言葉に反応したのだ。

「母さん、兄さんがいたの？　徴用工って、何？」

私は驚きながら聴いた。母さんに兄がいたという話は聞いたことがなかった。

「兄さん、手が器用だったからね。徴用工で行ったんだよ」

「母さんに兄さんがいたの？」

「いたよ。徴用工に行ったけど、戦争が終わったから、帰ってくるかと待っていたけど、結局帰って来なかった」と。

初めて聞く話だった。

母さんには弟が三人いるが、すぐ下の二歳違いの弟が長男だと思っていたが、その下にいる二人はそれぞれ「三〇」「□四郎」という名前だ。

長男だと思っていたすぐ下の弟は次男で、長男は母さんの上にいた兄だということは充分にありうることだ。

戦時中は、若者が徴兵されて戦死したり、劣悪な生活環境により産まれて間もなく亡くなった乳幼児がたくさんいたことは事実だ。

しかし、徴用工に行った兄さんの場合はこれらのケースとは何か違うものを感じた。

私は「徴用工」について少し調べてみた。

徴用工は、一九一〇年に日本が韓国併合後に一九四五年終戦まで朝鮮半島を統治下におき、一九三九年から韓国本国から徴用し、日本国の民間工場で強制就労させたものである。日本における徴用工についてはあまり知られることがなかったようだが、一九三九年の国家総動員法の下に徴用されたらしい。

母さんが言うには、徴兵のように召集令状がきたわけではなく、地域で選ばれた者が行ったという。

「戦争が終わったから、帰ってくると思っていたけど、帰って来なかった。どこに行ったか分からないし、生きているか、死んだのかもわからないよ」と繰り返した。

戦没者のように国からの知らせもなく、家族の間でも敢えて語られずにきた徴用工に行った兄の記憶は、事実関係の真偽はどうあれ、認知症の母さんだからこそ、歴史の闇に葬られた史実を蘇らせたともいえる。

七　ファミリーヒストリー

徴用工の兄の話に端を発した母さんの眠っていた記憶は思わぬ方向に進んでいった。

ニュース報道があった数日後に妹が泊まりに来て、再び徴用工の話になった。

母さんの実家は、都内大田区蒲田で餅菓子屋を営んでいたことは以前から聞いていた。母さんの父親（祖父）は午前中に餡子《あんこ》を仕込むと、母親（祖母）に店を任せて、遊びに出かける粋な人だったと聞かされていた。

祖父はある時餅つき機に手を挟んで負傷し、その後弱って亡くなったということもそれとなく聞いていた。

母さんの話の中には蒲田と洗足池という地名がよく出てきたが、同じ大田区内なのであまり気に留めなかったが、今回話している中で、洗足池に住んでいたと言い出した。

戦前から戦後にかけてずっと蒲田に住んでいたと思っていたので意外だったが、母さんの次の言葉には妹と顔を見合わせて驚いた。

「洗足池では質屋をやっていたんだよ」

初めて聞くことだった。これが事実であることの傍証はいくつかあった。

昭和三年生まれの母さんは当時の初等教育だった高等小学校を卒業した後、女子商業学校に進学した。この進学は祖父の意向と推測される。

これにまつわる次の話も初めて聞くものだった。

「祖父ちゃん、体がよくなくて、会合（質屋組合の集まりか？）に私が代わりに行ったけれど、『年上のおじさんばかりで、話分からないだろうから帰っていいよ』と言われて帰ってきた」という。

これは、かなりリアリティのある話だ。

徴用工の話に端を発した母さんの実家のファミリーヒストリーは、私にとって興味津々の内容だった。

戦前蒲田で餅菓子屋を営んでいた実家が戦後質屋に転業したという話は、祖父ちゃんの商売に対する才覚が伺えて、興味深い。

母さんを含めて実家の人たちが、徴用工だった兄のことをあまり語らなかった事情や質屋を営んでいたことを敢えて言わなかった理由は分からないが、私にとって一番の驚きは、かなり進行したアルツハイマー型認知症の母さんが意識の底に眠っていた八〇年前の記憶を呼び起こしたことだ。

遥か昔の記憶をたどりながら語る母さんの表情は、いつもより溌剌としていて、輝いているように見えた。

（上）1942年、母、女子商業学校入学
（下）1959年、母と筆者

八 「うちはお抱えだから」

二〇一九年の年が明けた。

この頃になると、母さんは自分でやれることがめっきり少なくなっていた。

それでも、母さんは「何かやることあったら言ってね」と、私に言った。

唯一、出来るのがパン食の時にブルーベリージャムを付けることだ。スプーンを使って、食パンの四隅からきれいに塗る。まったく白い部分がなくなる見事な仕上がりだ。

「母さん、ジャム付けるのうまいね！」私はいつも褒める。

母さんはニコリとして、「さあ食べよう」と言う。

何気ないこのやり取りが、私にはかけがえのない愉しい時間になっていた。

この頃から排泄の便がトイレに行っても、自分では処理できなくなり手を汚した。同時に便意がはっきりしなくなったようで、常に失禁状態だった。

ベッドからトイレまでの移動も調子のいい時は自力で行けるが、足の浮腫みがひどい時は、手引き歩行しなければならない。

特に夜間は、足元が暗いため、転倒のリスクを考えて、私が必ず介助した。

「情けないよ。こんなこともできなくなって…。ほかの家じゃ、こんなにやってくれないよ、あんただからやってくれるんだよ」

母さんは、済まなそうにつぶやいた。


ある日、テレビで在宅介護の特集をやっていたのを、母さんと一緒に観ていた。福祉系の大学の先生がコメンテーターとしてスタジオに招かれ、ドラマ仕立ての事例をもとに、在宅介護のポイントを平易に説明していた。

じっと見ていた母さんは言った。

「うちは、あんたが居てくれて、本当に助かるよ。うちは、お抱えだからね」

「お抱え」という表現が言い得て妙だが、自分の介護を息子が専属でやってくれるということをちゃんと認識した上で、感謝の気持ちも込めた物言いは、正直嬉しいものだ。

九　在宅介護一本に

私は自宅から近い事業所に勤務しながら在宅介護を続けてきたが、母さんは私が日中仕事に行くことを理解していた。しかし、今年に入ってから私が仕事に行くことがわからなくなってきたらしく、夕方帰宅すると、

「どこに行っていたんだい。いなくなったと思ったよ」と、涙ながらに訴えるようになっていた。

ある日、午前中の仕事が終わり、いつもどおり昼食に帰宅すると母さんはベッド脇に放心状態で足を投げ出して座っていた。

「どうしたんだ、母さん!?」と呼びかけるが

「あんたが帰ってこないから」と泣きじゃくるばかりで、要領を得ない。

パジャマのズボンが便で汚れていたところからすると、トイレに行って用を足した後、ベッ

ドまで戻って座ろうとしたが、座り損ねてベッド脇に尻もちをつき、そのまま立ち上がれなくなったと思われた。

朝出勤してから四時間ほど経っていたが、母さんがどのくらいの間そこに座り込んでいたか分からなかった。その表情から不安と心細さがあふれていた。

この頃、母さんは現実にはないものや音を見たり聞いたりする、幻覚の症状が出るようになってきた。

私は一月末で会社を退職した。

二〇一九年五月、元号が平成から令和に変わったが、母さんの状況も変わっていた。

私は、この数カ月夜間に充分な睡眠が取れなくなっていた。

母さんの腎臓機能は改善せず、定期検査の数値は徐々に悪化していた。それでも尿意はあるらしく、頻繁にトイレに行った。便座に座っても出ないことも多く、出ても少量だった。比べて便通は良かったが、コントロールができずに尿取りパットを汚すことが多かった。加えて、ベッドからトイレへの移動も自力で行うのは転倒のリスクが増したため、私が常時手引き歩行で行うようになっていた。

こうして母さんの排泄介助が私の主要な介護になった。

夜間も尿意があると、母さんは私を起こした。三〇分から一時間おきにトイレに行くため、
夜間帯に一〇回程度は介助していた。
私は熟睡することはできず、常に気を張っていた。

一〇　悩ましき手拍子

夜間の排泄介助による寝不足以上に私を悩ましたのが母さんの「手拍子」だ。

「パンパン、パンパンパンパン」という二拍子三拍子を繰り返す手拍子を頻繁に行うようになった。

認知症の高齢者が言葉を発する代わりにテーブルの端を叩いたりする行動はよく見られる。こうした行動は他者の注意を引くためや何かを訴えるときに行うものだ。

母さんも私を呼ぶときに言葉でなく手拍子で行うことも多くなった。ただ、厄介なのが手拍子をする意味が一つではないところだ。

乳児の泣き声を慣れてくると母親は「おなかがすいた」のか「オムツが濡れた」のか「具合が悪い」のか等を聞き分けることができるようになるというが、私には母さんの手拍子をそのように聞き分けることはできない。

「その手拍子は何でやるの？」

私は母さんにあらためて聞くと、その応えは意外なものだった。

「自分を元気づけるためだよ」

母さんによると、自分で何もできずに情けなくなった自分に活を入れるためだと言った。

認知症にもかかわらず極めて真っ当な自己認識に、私は感嘆した。


手拍子の意味が分かっても、母さんの手拍子がなくなるわけではなく、その耳につく音は私のストレスになっていった。

昼間のうちはまだいいのだが、夜中室内に響き渡る手拍子の反響音は強く耳に残り、苦痛だった。

ベッドに横になり手拍子を打つ母さんは寝息を立てながらやっている時もあり、明らかに無意識の行動だ。

もちろん手拍子が始まると、私は母さんに声掛けするが、私に何かを訴える以外のときは「何も呼んでないよ」ということもしばしばだった。

無意識のうちの行為ならば仕方ないといえども、その度対応する私からすると厳しいものがある。特に夜間の手拍子は、その悩ましき音とともに、夜中頻繁な排泄介助に比べても、はるかにストレス度が高い。あまり音を立てないように注意すると、不機嫌になったり、不穏になったりすることもあり、閉口した。

こうした状況が続くに連れて、私は在宅介護が正直辛くなっていた。

私はそれまで、介護することにある種の自信があった。トイレが多量の便で汚れても、トイレ介助を三〇分おきにやっても、さほど意に介することはなかった。

しかし、この手拍子の音には参った。本人が意識してやっているわけではないので、怒鳴りつけるわけにもいかず、優しく諭しても通じず、私はひたすら耐えるしかなかった。

高齢者虐待について、今まで専門職として考えることはあったが、当事者になって初めてきれいごとでは済まない現実に直面することになった。

さすがに私は母さんに手を上げることはしないが、こうした状況下に置かれた介護者が肉親に手を出してしまうのはある程度理解できるような気がした。

特に、私のように肉親に対する思い入れが強く、自分一人でなんとか頑張っている介護者は、なおさらかもしれない。

＊　＊　＊

六月に入ったある晩、私はとうとう母さんを怒鳴った。

その日日中は三〇度を超え、夜間になっても暑さは続いた。

夜一〇時を過ぎた頃からいつもの手拍子が始まったが、その日はいつもと違っていた。

通常なら夜間眠りについた後に目が覚めると手拍子をして、私を呼んだりするのがパターンだったが、この日はほぼ途切れることなく断続的に手拍子が続いた。

私は手拍子の度に、母さんのベッドのところに行って、声掛けをした。

「母さん、どうしたんだ？」

母さんは不機嫌な表情で言った。

「呼んでないよ」

私は母さんの居室に続くリビングに戻ると、すぐにまた手拍子が始まった。

こんなやり取りが三時間以上続いたが収まることなく、気が付くと手拍子の取り方に新たなパターンが加わっていた。

「パンパン、パンパンパン」パンという一拍子三拍子を繰り返す手拍子のほかに、「パンパンパン、パンパンパン、パンパンパンパンパンパンパン」という三三七拍子をやり始めたのだった。

これには苦笑いだが、三時間以上耳につく手拍子の反響音を聞かされ続けてきた私はそのストレスに大声で叫びそうな衝動にじっと耐えていた。

この間、私は母さんに何度も優しい言葉かけをし、諭すように話しかけたが、まったく効果はなかった。

ベッド上で目を閉じて半分寝ながら手を叩き続ける母さんの姿は異様だった。

時計を見ると、午前三時を過ぎていたが、手拍子は鳴り止まなかった。

私の我慢もとうとう限界に来て、大声で叫んだ。

「うるさい！ もう止めてくれ!!」

母さんの手の動きは一瞬止まったが、じきに手拍子は再開した。

私はもう手の施しようがなく、母さんの手拍子に同調して力一杯手を叩いた。

「うるさい、黙れ！」母さんは吐き捨てるように叫んだ。

これ以降、私の意識も半分もうろうとしてきたが、母さんの手拍子は鳴り止まなかった。

どれだけの時間が経ったのか、気が付くと手拍子は止み、母さんの寝息だけが聞こえた。
外はもう白み始めていた。

私と母さんの長い夜の闘いは終わった。

一一　私のこと、好き？嫌い!?

アルツハイマー型認知症が進行していくと、人格の変容がある場合があるという。この頃母さんは「従順」「依存」「要求」を示す傾向と「拒否」「抵抗」「攻撃」を示す傾向の相反する特性を共有していた。

これら二つの特性は、瞬時に入れ替わることも多かった。不機嫌で拒否的な態度を示していたかと思うと、次の瞬間には「ごめんね」と従順で依存的な態度に変わった。あたかもひとりの人間がまったく異なる二つの人格を有するようで、その対応に介護者として戸惑うことも多い。

ある晩、いつものように手拍子とトイレ誘導があった後、しばらくの間静かになり、私も浅い眠りに入っていた。

ふと気づくと、母さんのすすり泣く声が聞こえた。最近感情失禁により、むやみに泣くことも多くなっていた。

本人も自分ではなぜ泣いてしまうのか、明確な理由が分からない様子だった。

私はベッド脇に行き、腰を落として母さんに声をかけた。

「母さん、どうしたんだ？」

横向きに背を向けてすすり泣く母さんの応えは意外なものだった。

「私のこと、好き？　嫌い⁉」

その口調はいつもとまったく異なり、九〇歳の言い方ではなかった。どこか切なく憂いを帯びた口調は若い乙女のものだった。

母さんの突然の問いかけに、私は一瞬言葉が出なかった。私が応えられずにいると、母さんは寂しそうに言った。

「やっぱり、わたしのこと、嫌いなんだ」

次の言葉に、私は愕然とした。

「私、もうすぐ死ぬんだからね」

私は慌てて、言った。

「母さん、何を言ってるんだ！　母さんのこと、大好きだよ‼」

母さんはか細い声で呟いた。

「もう長くはないと、言ってんだよ」

私はなだめるように言った。

「母さん、誰がそんなこと、言っているんだい？」

すると母さんは恨めしそうに言った。

「あんただよ」

私は自分の頭の中が混乱しているのを感じながら叫んでいた。

「母さん、そんなことはないよ！　私は母さんのこと、誰よりも好きだよ‼」

母さんはベッドで背を向けたまま悲しそうに言った。

「もういいよ。もういいよ。あっちへ行ってくれ」

私は打ちひしがれた気持ちで母さんの脇から離れた。

一二　死への怖れ

私は、「母さんにもうすぐ死ぬんだからと言ったのが私だ」と言われたことが、あれ以来頭から離れずにいた。

母さんは最近、以前にも増して、昼夜を問わず幻覚症状が多くなり、私が隣室に居ても「(私が) いない、いない」とどこからか聞こえるらしく、「ゆきのりくん、いる?」と、日に何回も確認するほど不安傾向が強くなっていた。

相変わらず、夜間の排泄介助と手拍子は続いていたが、どちらか一方が優先する傾向にあった。排泄介助が頻回な時は、手拍子は少なかった。

その夜は、いつもにも増してトイレの訴えが多かった。いつもは三〇分から一時間おきだったが、この日は二〇分おきにトイレに起きた。午前〇時を回ったところで、既に一〇回を数えていた。

さすがに私も疲れが出ていたため、トイレまで母さんの手を引きながら、小さくため息をついた。すると母さんは、間髪入れずに低く呟いた。

「面倒くさいんでしょ！」

私は慌てて「そんなことはないよ」と否定したものの、心の底を見透かされた気がした。

この一件は、認知症に対する新たな認識を私にもたらした。

認知症がかなり進行して、記憶障害や認知障害が出ても、喜怒哀楽を伴う感情面は維持されるというのが一般的な見解だが、それとは別に、対応する介護者の心理を捉える感性はむしろ研ぎ澄まされるように思えた。

そうでなければ、私が小さくため息をついただけで、「面倒くさいんでしょ」とこちらの心情を見透かすような応答にはならないはずだ。

私は母さんの「もうすぐ死ぬんだから」と「もう長くはないと私に言われた」の意味を考えていた。

死に対する不安は認知症になってもあるのは当然かもしれないが、「もう長くはない」と言ったのが私だったというのが気になった。

単に死に対する怖れや幻覚症状ならば「もうすぐ死ぬ」とか「もう長くはない」という声が聞こえたりイメージを抱いたとしても、誰がそうしている（言っている）かは不明瞭なのが普通だ。


例えば「家に誰かが来て、何か騒いでいる」と母さんが言ってもそれが誰なのかを聞いても分からない。幻覚症状は実体のないものだから本人にもはっきりしない。

しかし、今回は私が言ったという認識が母さんにあったというのが特徴だ。

なぜそうした認識になったかが、私にとっては問題だった。

私はここで一つの仮説を立てた。

もし母さんが「私が母さんのことをもう長くはない」と感じているとするならば、私の心の中に母さんの死を考える気持ちがあるのだということだ。

だから、母さんはその研ぎ澄まされた感性で私の心の奥底を見透かしたのだ。

私の介護は根本的にその考え方が間違っていたのかもしれないと思った。

私は母さんがアルツハイマー型認知症に診断された時に、母さんを最期まで看取ることを決めていた。

最期を看取るというのは、初めからその死に向かっていくことに他ならない。私にとって介護は、母さんの最期を意識したもので、母さんの死への怖れといつも隣り合わせにあった。

私が常に抱いている死への怖れが、母さんにそのまま伝わったと考えるのが理に適っているように思った。

私の仮説はもちろん論証できるものではない。しかし、私の中にある「母さんの死」が母さんの心情に何かしら影響を与えていることは確かなように思う。

私の介護が母さんの最期にフォーカスされたものである限り、母さんも心のどこかで「死への怖れ」を抱き続ける。

一三　母さんの最期

七月に入る頃には、私のなかにあった母さんの「死への怖れ」が不思議となくなっていた。

母さんの浮腫んでいた大根足はめっきり細くなり、週一で訪問してくれる理学療法士からも「だいぶ良くなってきましたね」と言われ、喜んだ。

母さんの気持ちも穏やかになった様子で、「悩ましき手拍子」もまったくなくなった。

食事はあまり摂れなくなっていたが、近所の仲の良い知人が訪問してくれると、いつものように愛想よくふるまった。

「根岸さんのところは、息子さんが面倒みてくれるから、幸せよね」と言われると、

「もう私は何もできないから、全部この人に任せきりよ」と笑って応えた。

七月一〇日、ベッドから起き上がることが困難になり、理学療法士の薦めで床ずれ予防の

ベッドマットに交換する手配を行う。

終日ベッドに横になっていて、こちらからの問いかけにもあまり応えず、息切れ感あり。昼食は食パン二分の一切れと水分のみ。飲み込みも悪くなり、流動食やゼリーを試してみることとする。


七月一一日、ベッドマットが納品され、交換する。

「寝心地はどう？」と聞くと、

「少し硬いね」と言う。

夕方、私の小学校時代の友人が訪ねて来る。母さんはベッドに横になったまま、「息子がいつもお世話になってます」と愛想よく挨拶した。

この晩、私は旧友と久しぶりにビールを飲んで、ゆっくりできたせいか、夜間もぐっすり眠れた。


七月一二日、ムース状の軟らかい介護食を購入して食べさせるが、一さじ口にすると、飲み込めずに吐き出した。水分に少しトロミをつけ、終日かかって五〇〇cc摂取する。

七月一三日、本日も食事はほとんどとれず、生あくびを頻繁にして、ベッドから起き上がることがなかなかできない。

トイレの時だけ、何とか手引き歩行で誘導するも、足に力が入らずに腰をしっかり支えなければならない。


七月一四日、妹が来てくれる。

以前ならばベッドから離れて妹が帰るまでずっと起きていたが、今日は持参してくれた食べ物を一口食べただけで、またベッドに横になった。


七月一五日未明、母さんはトイレに起きた。私は母さんの体全体を支えながら何とか用を足した。

母さんはベッドに戻ると「ありがとう」と、か細い声で言った。

これが、母さんがトイレに行った最後だった。

これ以降、私はベッド上で母さんのオムツ交換をした。

七月一六日、自宅での入浴はもうできないと考え、担当ケアマネジャーに連絡して、家で入浴できる訪問入浴の手配をお願いする。

口にするのは、ゼリー・ムースのみ。水分は五〇〇ccに届かず。

夜間声掛けをすると、『あっちへ行け』という手振りをして、ベッド上で背を向ける。

私は「母さん、どうしたんだ?」と顔を覗き込むように言うと、母さんは黙って私の顔を押し返した。

七月一七日、理学療法士の代わりに訪問看護師が入る。体温・血圧・脈拍等のバイタルチェックは問題なし。ベッド上で座位保持を促すも、すぐに横に傾く。

今日も私が声掛けすると、黙って『あっちへ行け』という手振りで、私を拒否して背を向けた。

七月一八日、妹が朝からヘルプに来てくれる。

私は成年後見の業務で日中外出する。妹は昼に排泄介助したが、しっかり目覚めることはなかったとのこと。

夕方妹が帰った後、「今日はゆきえさんが来てくれて良かったね」と私が言っても、母さんは背を向けたままだった。
私は母さんの体を仰向けにして、手を握った。
母さんは私の手を振り解いて、一言何か言ったように思えた。
『もういいんだよ』
私にはそう聞こえた。私はなぜか涙が溢れた。
これ以降、母さんはしゃべることはなかった。

七月一九日〜二一日、終日いびきをかいて眠ったまま。血圧・脈拍等は問題なし。声掛けしても反応ほとんどなし。水で口を湿らすのみ。排泄介助しても目覚めず。尿もほとんど出ていない。

七月二二日、母さんの腎臓を診てくれている訪問医療の担当医が来てくれる。二週間前に検査した腎機能のデータ数値がわずかながら改善していたため、短期間での急速なレベル低下に驚いていた。
ただ腎臓がほとんど働いていない状況のなか、最近まで元気だったのが奇跡と言えるのかもしれない。

担当医は訪問看護による点滴施行を指示した。

七月二三日、本日から火・金曜日の週二回訪問看護に入ってもらい、水分と栄養補給のための点滴をしてもらうことになる。

初回は特に問題なく終わり、目覚めることはなかったが、少し活気が出てきたように見えて、安堵した。

訪問入浴を三〇日から週一回実施するようにして、入浴終了後に訪問看護が入ることに決める。

七月二四日、昨日点滴したので、今朝のオムツ交換で尿と便が少し出ていたので安心する。理学療法士が来てくれたので、母さんの体を清拭してもらい、着替えも一緒にやってもらう。

七月二五日、妹がヘルプに来てくれる。先週に続き、仕事で終日外出する。夕方、水分を口に含ませたら、手を跳ね除けられた。少し元気になってきたようで安堵した。

七月二六日午前七時三〇分、バイタルチェックを行う。血圧・脈拍に異常なし。いびきをかいて寝ている。

午前八時二〇分、私はゴミ捨てをして戻ると、母さんのいびきが聞こえなかった。

ベッドに眠る母さんの呼吸はなく、脈も取れなかった。

かかりつけ医に連絡し、午前一〇時一七分死亡確認してもらう。

死因は末期腎不全。

奇しくも、一九八三年七月二七日に夫である父が亡くなってから、丸三六年が経った日に逝った。享年九〇歳。

――認知症になっても最期まで母親だった――

認知症だった母さんは、最後は何もできなくなっていたが、意思はまったく損なわれていなかった。それればかりか、その感性は、むしろ研ぎ澄まされていたように思う。初めから母さんを看取ると決めていた私の介護は母さんの死を意識したもので、間違ったものだった。母さんは、そうした私の心持ちを感じていたのだと思う。

「もう長くはない」と言ったのが息子の私だったという母さんの心情を思うと、今でも激しく胸が痛む。

私はできる限り、母さんの介護をしてきたつもりだった。しかし根本的なところで私は間違っていたと思う。私の間違った心持ちが母さんの死期を早めたかもしれないと考えると、後悔の念に堪えない。

母さんは意識がほとんどなくなった後、私を拒否し続けたのも当然のことだ。

私にとって唯一の救いは、母さんが最後に言った、

『もういいんだよ』という言葉だ。

私にはそう聞こえたが、本当に母さんがそう言ったのか、確信はない。だが、私は母さんの最期の言葉を信じる。

最後のところで私は介護に対する誤った心持ちに気づき、たとえ母さんが寝たきりで意識はなくとも、在宅介護を続けていこうと思った。

しかし、母さんは逝った。

私はそこに母さんの強い意思を感じる。

思えば、五〇歳代前半で夫を亡くし、父の代わりに家を支え続けた母は、穏やかで地味な普通の人だったが、苦労している様子を外には決して出さない芯の強さを持っていた。夫亡きあと丸三六年、一日のずれもなく、しかしあと一日後の夫の命日ではなく逝ったところに、母さんの強い意思が感じられる。

そして、自分が生きている限り、ずっと在宅介護し続けるであろう息子の身を案じて、自ら旅立ったのだと今は思う。

母さんは認知症だったが、最期まで母としての意思はまったく変わることはなかった。

おわりに
私の人生、これでいいのだ！

私がライフヒストリーを紡いだ人たちは特別な人ではなく、夫婦間の不和や両親との葛藤、いじめや自殺の問題、貧困による生活苦等、さまざまな困難に翻弄されながらも、何とか生き貫いてきた普通の人たちだ。

年齢も生きた時代も違う彼らのライフヒストリーを紡がせてもらって、私は逆に元気づけられることが多かった。

彼らの話はごく身近なもので、私のなかにも共有するところが、たくさんあった。

同じような悩みや苦しみを抱えながら生きている人が此処かしこにいるということが、私たちに勇気を与えてくれる。

それぞれが直面した障壁を何とか乗り越えていくことで、新たな地平を見出していくことも目の当たりにした。

彼らに共通しているのは、自分が置かれた環境から逃げなかったことだ。

どんなに不条理で過酷な状況に直面しても、もがきながらも前に進んでいった。


平田篤子さんは、自分を産んでくれた親がいて、育ててくれた親もいて、実の父は自分の兄でもあり、末娘として育てられたが、実は一家の孫でもあった。「子どもの頃から引っかかっていた思いと自分がやってきたこととはずっと繋がっていて、もともと親が残してくれたものだ」と語った。

「すべて意味のあることが起きているのだと考えるようになったら、望むと望まないとにかかわらず、自分にとって必然なことが用意されているのかもしれないと思えるようになった」と言う。


自分が生きてきた人生は『生まれた時からすべてが繋がっている』のだ。そして、いつか『意味ある必然の障壁に直面する』ものだ。その障壁を越えられるか否かは各自の問題になる。

過去の意味付けが変われば、現在《いま》の思いも一変する。

重くのしかかった事実からくる行き場のない怒りや悲しみも、その意味付けを変えることができれば、少しは軽くなると私は思う。

『一つの事実をどう意味付けるか』が、もっとも大切なのだ。


母さんが逝ってから一カ月が過ぎ、私はこれを書いている。

母さんが亡くなったあと、誰もが口をそろえて言う。

「根岸さんは、自宅でずっと息子さんに介護してもらって、幸せよね」と。

母さんが幸せだったかどうかは、正直私にはわからない。

少なくとも、認知症になって、だんだん身の回りのことができなくなり、排泄介助まで息子にやってもらわなければならなくなった自分を情けなく、切なく思っていたに違いない。

そして、私の介護に対する間違った心持ちが母さんの死期を早めたかもしれないという疑念は、今でも私の内なる痛みとして残る。

ただ私には、六〇年余り生きてきたなかで、母さんを在宅介護した二年数カ月ほど愉しく幸せだった日々はないことも事実だ。

母さんと過ごした何の変哲もない毎日が愉しく、かけがえのない日々の連続だった。確かに、私は半年以上熟睡できなかったり、母さんの不穏な言動にストレスを感じたこともあった。だが、これも今は愛しい日々としか思い出せない。

私が思うのは、母さんは自らの意思で最期まで母さんらしく生きぬいたということだ。人生の最期をどう生きるかを母さんは身をもって教えてくれたと私は強く思うのだ。

＊　＊　＊

ライフヒストリーを紡ぐ意義は
・自分の人生を振り返り、自分は生まれたときからすべてが繋がっていると了解すること
・人生に起きる出来事はすべて必然で、たとえ苦しみや悲しみでさえも、自分にとって何らかの意味があること
・人生において障壁は誰にもあり、その障壁を越えることが各自に与えられたテーマになること
・自分独自の人生の価値に気づき、その価値を実現していくことでその人にふさわしい人

生になること
「わたしの人生、これでいいのだ！」
そして、
「あなたの人生、それでいいのだ！」

エピローグ

私は五六歳のとき一二度目の転職をした。そのとき従事していた仕事に不満があったわけでなく、特に転職先の仕事をしたかったわけでもなかったが、知人の誘いがあり決めた。

私のなかにあったのは「五六歳から自分は変わるという何の根拠もない思い込み」だけだった。

振り返ると学生のときにたまたま観たテレビドラマで卒業後の進路を決め、その後の人生が決まった。まさに思い込みで人生をスタートしたが、これも何かの縁に導かれていたように思う。

私にとっては一二回の転職が私のうちにある弱さを克服するために必然だったのだろう。

私の一所に落ち着かない移り気な性向も、その「意味付けを変えて」捉えれば、興味関心がたくさんある長所を伸ばせたわけであり、多くの職場に身を置くことで自分の弱点と対峙できた。そして、これまでの体験はマイナスではなくなる。

六〇歳を過ぎて、私はやりたいことはあまり考えずに取りあえずやってみるというスタンスに変わった。

自分のやりたいことは、新たに考えるものではなく、すべて自分が生きてきた人生のなかにあるのだ。

私の場合、幼い頃に小説家に憧れ、大学時代は子どもの教育を考え、社会人になってからは児童福祉の仕事や不動産の業務をやり、四〇歳から高齢福祉の業界で働いてきた。

一見すると脈絡のない職歴だが、私にとってはすべてが今に繋がっている。


自分がやりたいことはただ過去を振り返って《思い出せばいい》のだ。

「ものを書くこと」「人を教えること」「人が成長すること」「人が生きる場のこと」「人それぞれの価値や生きがいのこと」そして「どう最期を迎えるかということ」

こうした私の想いは、ずっと以前から私のなかにあったものだ。


認知症の母を在宅介護してきた私は、九時五時の仕事はできなくなったが、ソーシャルワーカーとしてやってきたキャリアをもとに成年後見人をやり、六〇歳から始めた空き家活用を通して新たなコミュニティを創出するために六二歳で一般社団法人を設立した。

五六歳以前の中途半端で何も決められず何も実行もできなかった私では、考えられないことだ。

母が横になったベッド脇で執筆していると、父が生前机に向かって句読していた姿を思い出した。あの頃、父の文筆活動を認めなかった私がこうして原稿を書いているのは、やはり幼い日の父の影響なのだろう。


人生に無駄なことは一つもなくすべてが生まれた時から必然で、自らが本当にやりたかったことを思い出して、それをやるかどうかだけなのだ。

好奇心旺盛で移り気な私はこれからも、自分がやりたいと感じることをあまり考えずにチャレンジしていく。

何か成果を求めるのではなく、チャレンジすること自体が楽しいのだ。

現在《いま》を楽しんで生きていれば、いつか最期を迎えるとき、「私の人生、これでよかった」ときっと思える。

本書を閉じるにあたり、初めての出版に誠実丁寧に対応してくださった東京創作出版の永島静さんに深謝するとともに、優れた編集者に巡り合えたことに感謝したい。
最後に、ライフヒストリーを紡がせていただいた皆さん、最期まで自分らしく生きることを身をもって遺してくれた母、幼い頃に書くことの楽しさを教えてくれた父に、本書とともに「ありがとう」の言葉を贈りたい。

二〇一九年一二月

根岸　幸徳

著者略歴

根岸　幸徳（ねぎし ゆきのり）

1956年東京都台東区生まれ。

1980年筑波大学第二学群人間学類卒業。

2005年東北福祉大学大学院総合福祉学研究科修了。

社会福祉士。宅地建物取引士。

児童自立援助ホーム指導員、不動産営業職、学習塾講師等を経て、40歳で高齢者福祉業界に転職し、介護支援専門員、高齢者施設の生活相談員や管理職として従事する。

2013年に「ライフヒストリーを紡ぐ集い」を立ち上げ、ライフヒストリーリノベーター（商標登録第5720964号）として、活動を始める。

現在は成年後見人として業務を行う傍ら、社会問題化している空き家を活用した新たなコミュニティの創出を目的として、2018年に一般社団法人こしがや空き家活用協会を設立し、代表理事を務める。

2019年からは終活に関する相談アドバイザー及びセミナー講師として、活動している。

また、2020年には「56歳からの人生再構築講座」の開講を目指して現在準備中である。

著書に『最新介護福祉全書4　コミュニケーション技術』松井奈美編 メヂカルフレンド社（共著）がある。

悔いなく生きるために人生を取り戻す！

私の人生、これでいいのだ

2019年12月9日 発行

著 者　根岸　幸徳

e-mail　lifehistory56@gmail.com

http://www.lifehistory56.com

発行者　永島 靜

発行所　東京創作出版

〒271-0082 千葉県松戸市二十世紀が丘戸山町 53-1

Tel/Fax 047-391-3685　https://www.sosaku.info/

装丁・水落ゆうこ　印刷・藤原印刷株式会社